LETTRES
SUR LES OUVRAGES
DE MADAME
DE STAEL.

IMPRIMÉ PAR LACHEVARDIERE FILS,
SUCCESSEUR DE CELLOT,
rue du Colombier, n. 30.

Lettres
SUR LES OUVRAGES
DE
MADAME DE STAEL,

par mademoiselle Hortense Allart.

PARIS,
BOSSANGE PÈRE, LIBRAIRE,
RUE DE RICHELIEU, N° 60;
BOSSANGE FRÈRES, LIBRAIRES,
RUE DE SEINE, N° 12.
1824.

Préface.

Je pense que les admirateurs de madame de Staël pourront trouver quelque plaisir à revenir sur les pensées que ses ouvrages leur auront inspirées : c'est ce qui me détermine à publier ces lettres.

Ceux qui échouent dans l'hommage qu'ils rendent à la supériorité ont du moins le mérite de l'intention. Dans nos temps d'agitation continuelle, on lui rend trop peu d'honneur. L'attention publique, attirée d'objet en objet, ne s'arrête plus sur ce qui devrait le mieux la fixer. On abandonne le génie, pour le chercher où il n'est pas ; ou bien l'on court se convaincre soi-même, par une funeste expérience, des vérités qu'il avait trouvées et qu'il eût suffi seul pour enseigner. Il est donc utile de revenir à lui, étonné qu'on est, en le retrouvant, d'avoir pu l'abandonner si long-temps.

Puissent ces lettres faire qu'il s'élève des voix pour exprimer mieux que moi l'admiration que j'éprouve !

LETTRES
SUR LES OUVRAGES
DE
MADAME DE STAEL.

LETTRE I.

DES LETTRES SUR ROUSSEAU.

Le premier ouvrage connu de madame de Staël a été l'expression de son enthousiasme pour celui de nos grands écrivains avec lequel elle devait avoir le plus de rapport.

C'est un beau début pour le talent que l'examen d'un sublime génie. Madame de Staël, élevant un monument à la gloire de J.-J. Rousseau, put déjà faire prévoir quel serait son talent, si l'on peut jamais prévoir ce qui doit étonner.

Nous n'examinerons pas ces cinq lettres en

détail. Nous ne dirons pas les endroits où il nous semble qu'elle a trop ou pas assez loué ; nous ne ferons point remarquer la justesse de certains aperçus , et la profondeur et la force naissantes de ses pensées. Nous jetterons sur ces lettres un coup d'œil général.

Madame de Staël s'élève en parlant de l'auteur qui a le mieux su toucher son cœur, ébranler son âme , de celui avec lequel elle s'est trouvée avoir le plus de sympathie.

On ne l'accusera pas d'exagération. Elle se contient dans son admiration; elle veut être sage dans son enchantement. Quoiqu'elle avoue que plusieurs des idées de Rousseau sont fausses, elle le reconnaît, à tout prendre, l'homme de la nature et de la vérité. Elle a dit beaucoup sur lui ; il ne nous semble pas cependant qu'elle ait tout dit. En examinant ses plus forts écrits, elle n'a point parlé d'un des grands effets qu'ils produisent. Elle a loué l'Émile , mais elle n'a pas fait l'observation que cet ouvrage révèle, pour ainsi dire, les droits de l'homme. On se sent fier et libre après l'avoir lu ; il donne le sentiment de la grandeur et de la dignité humaines; c'est une école de liberté autant que de morale.

Remontant toujours aux sources des idées de l'homme , pour trouver la vérité dans sa pureté première, Rousseau a ramené l'humanité à la liberté naturelle comme aux sentiments primitifs. Donnant toujours les théories abstraites, travaillant d'une manière spéculative, il a fait le Discours sur l'inégalité des conditions, il a fait le Contrat social; génie universel et profond, il a jeté les bases immuables, il a révélé les principes éternels, laissant à d'autres le soin de construire sur ces bases et de faire l'application de ces principes. Il vous fait l'homme de l'indépendance en vous faisant l'homme de la nature. Et en effet l'espèce humaine, dans son innocence, est à la fois libre et sensible. La perfection de la société, c'est d'avoir consacré ces vertus de fierté et de sentiment que la nature indique. Dans ses progrès elle s'écarte quelquefois de la vraie route. Les hommes qui, comme Rousseau, viennent, lorsqu'elle est déjà avancée dans sa course, lui rappeler ses devoirs et la raffermir dans la vérité, sont certainement les plus utiles. On a attribué la révolution française à une foule de causes. Sans doute la masse des années et des événements amena cette grande secousse; mais, parmi les progrès de la raison humaine qui l'ont produite, Rousseau a fait faire les plus forts, les plus hardis et les plus rapides.

Madame de Staël a dignement parlé du caractère de Rousseau, elle a dit sur Jean-Jacques des choses aussi ravissantes que lui-même en a écrit sur son propre caractère. Au lieu de le blâmer, elle a cherché à le comprendre, à l'expliquer; et elle a fait la part de l'admiration et de la pitié dans un caractère rempli de sensibilité, de grandeur et de faiblesse. Elle a dit ces belles paroles, qui devraient servir de règle à la justice exercée envers les grands hommes : « Je crois que, quand on trouve dans la vie d'un

» homme des mouvements et des actions d'une » bonté parfaite, lorsque ses écrits respirent » les sentiments les plus nobles et les plus ver- » tueux, lorsqu'il possède un langage dont cha- » que mot porte l'empreinte de la vérité, on » lui doit de chercher le secret de ses torts, de » tenir à l'admiration qu'il avait inspirée, de » la retirer lentement. » Qu'elle est grande et sage quand elle parle ainsi, et qu'elle mérite bien qu'*on tienne* à l'admiration qu'elle inspire !

LETTRE II.

DE L'INFLUENCE DES PASSIONS SUR LE BONHEUR.

Entre tous les ouvrages que la mélancolie la plus sombre a pu produire, celui-ci est sans doute le plus douloureux. On y considère comme source de malheur les plus enivrants ou les plus doux sentiments que le ciel a mis dans le cœur de l'homme : l'amour, l'amitié, la paternité, l'amour filial. Sans doute il fut créé dans des jours de souffrance, et lorsque madame de Staël, par la fatalité des circonstances, ou par sa propre faiblesse, n'avait à éprouver que les peines des passions qu'elle déplore. Ce n'est point dans un tel état qu'il faut tracer des règles pour la vie humaine. Plus calme, elle nous a donné depuis des leçons plus sages et par conséquent plus utiles.

Son talent se trouve cependant ici presque entier, quoiqu'il n'y ait point dans l'ouvrage ce bel ordre, cette haute raison, cette clarté soutenue, que nous allons trouver dans l'ouvrage qui suivra.

L'amour de la gloire est la première des passions dont madame de Staël examine l'influence sur le bonheur. Après avoir dit ce que c'est que la gloire, de manière à enflammer et à désoler tout cœur qui y aspire, elle nous fait comprendre comment il est si difficile de l'obtenir dans nos temps modernes; et elle détaille enfin toutes les peines qui peuvent naître d'une passion dont les jouissances dépendent de tant de circonstances, et qui met si complètement dans la dépendance des hommes.

Séparant tout-à-fait l'ambition de l'amour de la gloire, qui s'y associe presque toujours, elle voit des chances de moins grandes peines là où les idées sont moins élevées et moins sensibles.

Le chapitre de la vanité est plutôt remarquable dans ses parties, qui sont pleines d'esprit, de finesse et de vérité, qu'il n'est parfait dans son ensemble. Il en est de même de celui de l'amour, qui renferme des beautés de premier ordre, où l'on trouve cet accent de l'âme et du génie auquel on reconnaît madame de Staël, mais qui contient une telle peinture des malheurs attachés aux grandes facultés, aux grands attachements, qu'il donnerait presque l'effroi de la supériorité, et fait bénir cent fois les désirs médiocres des sentiments bornés.

Mais non, tout n'est pas si triste; du moins la seule autorité de son génie ne me suffit pas pour la croire. Je ne serai peut-être ainsi qu'une preuve de sa vérité dans une autre circonstance, lorsqu'elle prétend qu'il ne faut lire son ouvrage qu'à vingt-cinq ans. Je n'ai pas l'âge où elle dit qu'on peut le comprendre ; et, admirant les beautés qu'il renferme, c'est peut-être seulement le temps qui me manque pour en sentir la vérité. Mais le temps est un maître plus doux que tout penseur ; il enseigne lentement les choses ; il ne vous apprend pas brusquement des vérités qui révoltent, parcequ'elles accableraient trop pour qu'on veuille les croire. Il fait marcher tout ensemble ; il apporte des motifs de consolations ou il affaiblit alors qu'il éclaire. Cet ouvrage est donc trop pénible pour la jeunesse. Les romans de madame de Staël lui conviennent mieux. On y peut attribuer les douleurs à la fatalité ou aux fautes des hommes ; mais quand on voit déplorer les sentiments mêmes, et étendre les considérations à l'humanité entière, alors on n'a plus de recours, et il ne reste qu'à s'examiner pour savoir si l'on n'a pas une médiocrité qui rassure.

En parlant du jeu, de l'avarice, madame de Staël considère ce besoin d'agitation des hommes comme une preuve que l'action de vivre est une souffrance qu'on ne supporte qu'en en allégeant le poids. Mais cela est-il juste ? L'humanité se trompe dans le choix de ses jouissances; mais vouloir mettre en usage toutes ses facultés, n'est-ce pas plutôt vouloir sentir sa vie tout entière que vouloir y échapper ? L'inaction des facultés est une souffrance, mais non pas l'action de vivre;

puisque, dès que cette action est complète, elle est un plaisir vif et sensible.

Admirant quelques belles idées sur la vengeance, qui se rencontrent à côté d'autres idées point assez méditées, nous arrivons à l'esprit de parti, qui ne nous semble que la passion de certaines gens pour des idées à la hauteur desquelles ils ne sont pas. Je ne sais si madame de Staël est toujours juste en parlant de l'esprit de parti. Elle prend trop l'effet pour la cause; elle ne distingue pas assez de l'esprit de parti ce qu'il produit de bien en soi; en blâmant le motif, il ne faut pas flétrir tout ce qui serait admirable, si une meilleure raison le produisait. Elle n'a pas dit assez que c'est parceque l'esprit de parti n'a rien de noble ou de généreux que le dévouement de sa vie et le sacrifice de ses intérêts personnels cessent d'être respectables; elle semble presque les blâmer en général comme le reste. On sent qu'elle est jeune encore; elle cède à des impressions qui la dominent tout entière dans le moment où elle écrit. Elle n'est pas menée par son idée à toutes celles qui devraient s'y allier ; elle ne rassemble pas toutes les considérations pour se faire des idées générales ; elle ne s'élève pas au-dessus d'elle-même pour tout juger et tout comprendre.

Dans son analyse des sentiments intermédiaires entre les passions et les ressources qu'on trouve en soi, elle dit vraiment moins l'influence des sentiments sur le bonheur, qu'elle ne recherche les peines qui peuvent en naître. Elle oublie presque les jouissances de l'âme. C'est le malheur, et non plus tout ce qui compose les affections, qu'elle examine. Son chapitre de l'amitié, celui de la tendresse filiale, paternelle et conjugale, blessent souvent l'âme par une absence de justesse et de vérité. Cet ouvrage fut inspiré dans un moment funeste ; tout y est pénible et sombre, tout inspire le découragement plutôt que la force et la résignation.

Oui, mille souffrances peuvent naître des passions, des affections, de ce qu'il y a de plus grand et de plus doux sur la terre ; mais faut-il donc se priver de ces biens? et tout attrister, tout détruire, est-ce mériter la reconnaissance et la foi du lecteur ?

Le livre qui traite des ressources qu'on trouve en soi est celui qui nous a paru le plus vrai et le meilleur de tout l'ouvrage. Ici toute l'admirable nature de madame de Staël se retrouve. Elle renaît à l'espérance, aux doux sentiments. Le chapitre sur la philosophie renferme des beautés remarquables. Celui sur l'étude est admirable, comme celui de la bienfaisance, qui serait peut-être mieux intitulé de la bonté et de la pitié; car quel mot peut valoir des mots d'une signification si sublime?

Mais si la femme qui a analysé les passions a pu aussi analyser, d'une manière si supérieure, les ressources qu'on trouve en soi, si elle a éprouvé les unes et joui des autres, si même elle a dit que la passion seule peut donner à la bonté toute son étendue, pourquoi ne prétendrait-on pas sentir comme elle tout ce qu'on peut sentir, et se servir des leçons que renferment ses ouvrages, et de son expérience, pour diriger le développement des dons du ciel, et non pas les anéantir? La nature n'a-t-elle pas indiqué la succession des sentiments pour le bonheur? Se conformer à ses intentions, et vaincre sa nature autant qu'elle n'y est pas conforme, doit donc être l'ouvrage de l'homme qui veut être heureux.

Si ce travail est difficile, celui d'étouffer entièrement ses passions doit l'être encore plus, s'il n'est pas impossible. D'ailleurs madame de Staël convient de l'insuffisance de ses leçons : « Le législateur, dit-elle, prend les hommes » en masse, le moraliste un à un. » Il y a peu de certitude dans l'utilité de principes qui ne peuvent réussir que s'ils sont propres au caractère auquel on les applique. Ici elle est admirable par sa sublime bonté, sa pitié, sa haute intelligence.

Terminons cet examen en répétant ces paroles, qu'on trouve dans son ouvrage sur l'Al-

lemagne : « L'homme a maudit le soleil, l'a-
» mour et la vie ; il a souffert, il s'est senti
» consumé par ces flambeaux de la nature ;
» mais voudrait-il pour cela les éteindre ? »

LETTRE III.

SUR L'OUVRAGE DE LA LITTÉRATURE.

Cet ouvrage doit être le sujet d'un examen plutôt que d'une critique ; car il est rempli d'une raison telle qu'on est à la fois convaincu et charmé. On n'a qu'à suivre l'ordre dans lequel il est écrit pour en faire sentir le mérite et l'importance.

L'auteur établit que le monde est perfectible, et que la succession des événements humains n'est qu'une succession de progrès plus ou moins rapides. Ainsi donc, elle ne veut pas dire que cette progression est une, sans interruption ; mais seulement que les âges héritent des âges, et que le travail d'un temps sert de moyen au travail d'un autre. Mais sans doute il n'en faut pas moins un nouvel ordre de choses pour qu'il y ait une nouvelle sphère d'idées.

Il y a des bornes aux progrès des arts, il n'y en a point aux découvertes de la pensée: les arts sont le fruit de la jeunesse des peuples; la pensée naît du temps, se développe avec lui, et comme lui est infinie.

Madame de Staël fait voir comment la littérature des Grecs, la littérature de la jeunesse du genre humain devait être une poésie d'images. On a peint et chanté la nature, parceque c'est elle qui s'est d'abord offerte aux yeux des hommes.

Il a fallu à la pensée de nouveaux rapports, une plus longue expérience. Les Romains, qui avaient les connaissances des Grecs, des intérêts plus graves, des caractères plus forts, ont eu moins d'imagination, mais plus de pensées.

Suivant la marche de la littérature latine durant la république, puis sous Auguste, et jusqu'aux Antonins, l'auteur a peint la grandeur du caractère romain en écrivain qui trouve dans son âme ses couleurs, et qui sait s'élever jusqu'aux plus hautes vertus. Ce n'est pas de l'esprit seulement qu'il faut pour de certains travaux, c'est le talent qui vient d'une nature généreuse, et c'est celui-là qui appartient essentiellement à madame de Staël.

Cette longue période de temps qui suivit l'invasion des barbares ne lui paraît point avoir nui aux progrès de l'espèce humaine; elle les développa d'une manière nouvelle et féconde. L'homme put s'instruire par des rapports nouveaux, par ses besoins, par ses misères; toutes les affections humaines laissées libres lui révélèrent leurs secrets, et la puissante douleur vint donner de nouveaux aliments et un nouveau caractère à la pensée.

Une des premières causes de la grandeur des modernes, ce fut l'établissement de la religion chrétienne. Née pour consoler des misères du monde, elle réconcilia, pour ainsi dire, le Nord et le Midi, et donna naissance à des vertus de bienfaisance et de pitié inconnues aux anciens. Le chapitre sur la religion est admirable, et les pensées et les hautes considérations qu'il renferme sont d'une beauté éternelle. L'auteur a dit d'une manière non moins remarquable l'influence salutaire que les femmes ont dû prendre dans des temps qui développaient toutes les qualités du cœur ; la morale a dû naître de cette sainte égalité établie par l'amour entre l'homme et la femme.

Passant alors de ce coup d'œil général sur les temps modernes, à l'examen particulier des différentes littératures de l'Europe, madame de Staël divise d'abord la littérature en deux parties, celle du Midi ou d'Homère, celle du Nord ou d'Ossian. Ici ce n'est pas Corinne qui juge l'Italie ; madame de Staël parle de ce pays, de ses habitants et de ses lettres avec une sévérité qui s'est beaucoup adoucie dans la suite. Elle ne trouve aux Italiens aucune élévation dans l'âme, aucune profondeur dans l'amour, aucune vérité dans les expressions; elle leur reproche jusqu'à l'harmonie de leur langue, qui flatte l'oreille et trompe l'esprit sur le mérite réel de leurs ouvrages.

Portée par son génie vers les littératures fortes et mélancoliques du Nord, elle vous fait pénétrer avec elle dans ces âmes énergiques qui, sous un ciel sombre, rêvaient à mieux que la vie.

C'est en Angleterre, dans ce pays de la liberté et de la réflexion, que se trouvent les pensées les plus profondes, les imaginations les plus hardies, les sentiments les plus vrais. Mais les Anglais, qui ont beaucoup d'indépendance dans leur manière de voir, qui écrivent pour les classes moyennes avant d'écrire pour celles qui seraient les meilleurs juges, analysent quelquefois trop longuement la même chose, épuisent trop un sujet avant de le quitter.

Les mêmes raisons qui, les tenant séparés les uns des autres, assurent leur indépendance, leur ôtent les moyens d'arriver à la comédie. Il faut, pour saisir les nuances de caractère, connaître tous les développements du cœur humain, et les Anglais jugent plus en masse ; ils n'ont pas la délicatesse des Français ; et, comme ils s'amusent moins ordinairement, ils n'ont pas ce goût difficile pour les plaisirs qu'on leur offre. Tout se perfectionne par l'usage : la liberté et la moralité des Anglais en sont la preuve ; et les Français, que l'habitude de vivre en société a formés à étudier les caractères, en ont porté la connaissance au plus haut degré.

N'exprimant qu'en vers ce qui part de leur âme, ce n'est que dans la poésie que les Anglais mettent de la chaleur, de l'énergie, de l'imagination.

Ils considèrent la prose comme la langue de la logique, et ils s'interdisent avec elle tout ce qui n'est pas raison. Leurs ouvrages en prose sont froids et manquent ordinairement de précision et de méthode.

Leur but en écrivant c'est d'être utiles; tel est le noble espoir permis dans un pays libre. De là leur émulation, et cette sagesse qui les empêche de traiter certaines questions. Ils n'emploient aussi l'éloquence que dans la même idée ; la leur est pleine de mesure et de raison, et non point passionnée.

Ils travaillent pour la société, et non pas pour les individus; de même qu'ils observent les masses, et non pas les hommes et les caractères.

Penseurs par leur nature, et maintenus penseurs par leurs institutions, conduits à la liberté par le sérieux de leur nature, et rendus plus sérieux encore par cette liberté même, ils cherchent les vérités générales plutôt que les vérités particulières; ils généralisent toujours, et l'utilité est la première des idées générales dans laquelle ils font rentrer les autres.

Il est remarquable que le chapitre qui traite de la littérature de l'Allemagne a l'air d'être un résumé de l'ouvrage que madame de Staël a fait depuis sur ce pays. Ses idées et ses connaissances étaient dès lors si justes, qu'en examinant l'Allemagne par elle-même, elle n'a pu que se convaincre mieux de leur vérité, ou les étendre dans un même esprit.

C'est la littérature française que madame de Staël a examinée la dernière. Recherchant dans les institutions la cause des qualités et des défauts d'un peuple spirituel, elle fait sentir comment des institutions vigoureuses donneront à ce peuple un caractère plus fort. Le siècle de Louis XIV fut celui de l'imagination; plus littérateur que philosophique, on lui doit la pureté du style et du goût. S'il ne découvrit pas la vérité, du moins enseigna-t-il la manière de la dire. Le travail de ce siècle, riche en sublimes créations, a donc été doublement utile, et il est admirable en cela, que, s'il n'a pas tout fait, il n'a rien fait qu'il faille détruire. Aussi le siècle qui lui succéda s'emparant des moyens qu'il lui fournissait, la pensée succéda à la littérature. Elle est belle, la peinture du dix-huitième siècle; elle est juste, l'appréciation de ses grands écrivains; et l'auteur a montré avec éloquence combien certaines considérations qui touchent aux intérêts de l'humanité donnaient l'espoir comme le besoin d'être utile, et par là élevaient la pensée et le talent de l'homme.

Ici finit la première partie de l'ouvrage. Madame de Staël, après y avoir suivi l'histoire de l'esprit humain depuis Homère jusqu'à nos jours, a consacré la seconde partie à examiner quel devrait être le caractère de la littérature chez la nation française, devenue libre et morale, ou chez tout autre grand peuple éclairé. Cette seconde partie est de beaucoup inférieure à la première dans son ensemble. Quittant, pour les reprendre plus loin, les considérations générales, l'auteur eut le tort, en parlant de la France, de mêler des considérations actuelles et momentanées à des idées et à des sentiments de tous les temps. Elle donne une grande importance à des choses qui en ont peu par elles-mêmes ; frappée de leur existence, elle ne songe pas qu'il est dans leur nature d'être passagères : elle attribue à de petites causes de grands effets, parceque la présence de ces petites causes les grandit à sa vue. Elle a voulu s'élever au-dessus des circonstances d'alors pour les juger, mais elle ne l'a pas pu, et c'est sans doute à un ou deux chapitres mal conçus, trop longs, et qui laissent une impression défavorable, qu'il faut attribuer la sorte d'oubli où est tombé un ouvrage qui d'ailleurs mérite si justement l'admiration.

De bien beaux chapitres se trouvent dans cette seconde partie. Celui sur l'émulation présente la plus haute morale; c'est la vertu, c'est la vérité, c'est la pensée dans sa plus noble direction; c'est une école pour les hommes et les nations, école où la sagesse et l'utilité sont désignées comme les premiers guides pour l'homme.

Ce n'est pas avec une moins grande supériorité de raison que l'auteur parle des femmes et de l'éducation qu'on doit leur donner pour qu'elles participent aux lumières et aux progrès du monde, qu'elles puissent comprendre les hommes, et influer salutairement sur la société.

Si nous examinons ce que doivent être les ouvrages d'imagination dans un pays libre et moral, nous reconnaîtrons que le ridicule naissant de l'opposition des institutions d'un pays avec la raison humaine, il doit disparaître avec les erreurs qui le produisent. Les plaisanteries sur l'humanité ne sont plus possibles quand l'humanité s'ennoblissant cesse d'être moquable : tout devient alors important et respectable en elle.

C'est le vice qu'il faut livrer à la moquerie publique ; c'est lui qu'il faut décourager par cette arme puissante du ridicule.

La tragédie pourra rester dans le vrai, et ennoblir la nature au lieu de la changer. Ici madame de Staël émet ces principes d'une littérature neuve et plus libre qu'elle développa depuis dans son ouvrage sur l'Allemagne.

Les facultés de l'homme doivent avoir pour but la connaissance, ou de la nature de l'homme, ou de la nature des choses. Le développement des passions, l'étude du cœur humain, offrira un vaste champ au talent, et c'est là que l'imagination même doit aller puiser. Madame de Staël trace les règles qu'elle a déjà présentées comme étant celles de l'Angleterre. C'est l'utilité qui est sa première pensée ; elle lui donne pour guide la sagesse, et elle ne veut d'enthousiasme que celui que la raison peut approuver et comprendre.

Un des chapitres les plus admirables est sans doute celui de la philosophie. L'auteur examine si, d'après le système des probabilités, tout ne pourrait pas se calculer en politique comme en mathématiques. La morale, *qui est la nature des choses dans l'ordre intellectuel*, serait la règle de ce calcul, mais la morale dans sa plus haute portée, appréciant, comprenant tout, sentiment, imagination ; car si la raison est la faculté qui juge les autres, ce n'est pas elle seule qui constitue l'identité de l'être moral.

Madame de Staël, après avoir montré comment cette morale des nations, cette politique doit n'être qu'un calcul basé sur l'intérêt général, démontre comment il n'en saurait être ainsi de la morale individuelle. On n'observe pas seulement par intérêt les lois que celle-ci impose ;

on les observe aussi par sentiment, et c'est ce qui fait qu'on leur obéit encore lorsqu'elles commandent des sacrifices qui ne semblent point d'accord avec l'intérêt personnel, la providence ayant, dit madame de Staël, « *répété deux fois de certaines vérités à l'homme*, afin qu'elles ne pussent échapper ni à son intérêt ni à ses recherches. » Sublimes paroles et digne interprétation des vues de la nature! Mais il faut lire ce chapitre pour se pénétrer des vérités qu'il renferme, pour faire comprendre la vertu à son intelligence, comme le sentiment se fait comprendre au cœur qu'il anime. Extraire de tels morceaux c'est presque un tort; j'y renvoie mon lecteur, qui ne saurait en faire trop souvent sa lecture.

Si nous avons longuement détaillé ce que renferme cet ouvrage, c'est qu'il nous a paru l'un des plus beaux que l'auteur ait produits. On y trouve une foule d'idées, et ces connaissances que l'étude seule ne pourrait produire, mais qui sont le fruit d'un esprit profond et fort. L'accent de la vérité et de la conviction se trouve à chaque page, et la simplicité et la plénitude du style, la vigueur des pensées, la majesté et la gravité de la diction, se trouvent unies à cette secrète chaleur, à cette sensibilité touchante qui jette çà et là des traits de sa lumière.

LETTRE IV.

SUR LE ROMAN DE DELPHINE.

Voici le premier roman de madame de Staël. Jusqu'alors elle avait exposé des considérations sur des questions générales. Aujourd'hui, ses pensées se dirigeant sur la société de Paris et sur l'opposition qui se trouve quelquefois entre les lois de cette société et les passions et les caractères des individus, elle a, pour ainsi dire, mis en action ses découvertes et ses principes. Elle a donné la vie à son tableau, car il était susceptible de la recevoir, et devait en devenir plus instructif et plus frappant. Madame de Staël pense qu'un roman doit être une révélation des passions du cœur humain, et que les événements qu'il présente ne doivent s'offrir que comme les circonstances du développement de ces passions. La morale dans la vie lui paraît être le seul et vrai mobile du bonheur, et le travail de l'écrivain est de retracer ce que la vie enseigne, en s'aidant à la fois de la raison, du sentiment et de l'imagination. Telles sont les idées qu'elle émet dans une préface où l'on retrouve aussi ses principes larges et libéraux sur la littérature.

Madame de Staël a prouvé dans son ouvrage que tout ce qu'elle demande aux romanciers était possible à elle, sinon à tous. Elle a déposé à la fois dans son ouvrage tout ce qu'elle avait éprouvé elle-même, et tout ce que le sentiment et le génie peuvent fournir par la divination à une imagination créatrice. On peut appliquer à ses deux romans de Delphine et de Corinne ce qu'elle a dit de l'Héloïse, que c'était « une grande idée morale mise en action et rendue dramatique. »

La grande idée de Delphine est le danger d'une haute supériorité lorsqu'elle n'est pas dirigée d'après les règles austères de la morale, et selon cette sagesse que donne la connaissance des hommes, sagesse sociale, plus compliquée que celle de la nature, mais qui doit en conserver l'esprit.

L'héroïne est une personne confiante et généreuse, qui croit toujours trouver chez les autres ce qu'elle a dans l'âme; qui, avec un esprit distingué, mais beaucoup de jeunesse, juge mieux les choses que les hommes; qui cède aux mouvements de sa bonté, comme d'autres cèdent aux mouvements de leurs passions; et qui, étant toujours animée par de nobles sentiments, ne voit dans ses actions que l'innocence et l'intention qui les dictent.

Cette femme entre dans le monde, et trompée, calomniée, elle est bientôt victime de ses vertus mêmes.

Il y a beaucoup de malheur dans la destinée de Delphine; on ne peut lui reprocher que des imprudences, et elle ne devient réellement blâmable que lorsque le sentiment l'entraîne. Pour que l'héroïne restât admirable, on ne pouvait pas la rendre autrement coupable, et l'habileté de l'auteur consiste à donner de grandes leçons tout en rendant les fautes de Delphine respectables. Par un trait de talent, l'auteur a donné pour amant à cette femme un homme qui, avec une âme violente et passionnée, a pris pour règle de sa conduite l'honneur, et prend pour arbitre de l'honneur l'approbation ou le blâme des hommes. On comprend dans quels malheurs, dans quels tourments ses idées pourront l'entraîner. Il a beaucoup de profondeur dans les sentiments, mais il n'en a aucune dans les idées. On sent que madame de Staël a dû, pour soutenir un tel caractère, sacrifier la supériorité d'esprit; car les idées et les principes de Léonce ne peuvent pas s'allier avec elle. Elle a voulu lui donner en retour beaucoup d'énergie, d'élévation, de sensibilité; il a cette grandeur dont elle peut toujours douer ses créations parcequ'elle la possède en elle. Toutefois l'idée principale de ce caractère oblige l'auteur à faire souvent adopter à Léonce une conduite qui décèle, dans sa crainte de l'opinion publique, plus d'inquiétude que de fierté, et dans ses sentiments plus d'égoïsme que de passion véritable. Toute l'existence de cet homme repose sur une idée fausse ; il semble que dans la nature morale il ne puisse point y avoir de perfection avec une telle base, et peut-être madame de Staël, qui avait besoin de ce caractère, était-elle seule capable de le rendre intéressant.

On prévoit d'avance quelles douleurs pourront naître de l'amour d'un tel homme, qui lui-même est marié, pour une femme du caractère de Delphine. Tout est prévu pour les mettre dans les circonstances les plus funestes.

Ce roman est plein de choses ; les événements dont il se compose sont remplis de beautés particulières ; il y a plusieurs actions, mais chacune est simple en elle-même. Toutes se rattachent à l'idée principale de l'ouvrage. Toutes sont une peinture de caractères et de sentiments différents, développés dans des circonstances différentes ; presque toutes ont une identité frappante d'intention et de talent. On trouve tour à tour dévoilés les plus secrets mouvements de la sensibilité, ou de la perfidie, ou de l'égoïsme, ou les sentiments sérieux que la raison avoue, et les plus profondes et les plus justes méditations de la pensée.

Nous mettrons en première ligne le caractère de madame de Vernon. Ce caractère est d'une si grande portée, il donne matière à tant de réflexions, qu'il semble indiqué avec plus de force et de profondeur encore qu'il n'est tracé. Et il est tracé admirablement, toujours soutenu, dans les moindres comme dans les plus grandes circonstances.

Il existe de certaines natures capables de nobles qualités, mais chez lesquelles ces qualités sont trop faibles dans leur source pour se soutenir d'elles-mêmes et donner seules le sentiment de leur existence. Telle est la nature première de madame de Vernon. Elle eût été capable de vertus et d'affections ; son éducation et les circonstances de sa vie ont fait qu'elle n'y a jamais cru, et qu'elle a eu besoin de talents qui leur sont contraires. Sa fierté seule échappa à toute influence. Menacée, dès son enfance, des plus tristes peines si elle témoignait ce qu'elle éprouvait, elle jugea la position des femmes en général d'après la sienne; elle pensa qu'étant toutes victimes des institutions sociales, elles sont dévouées au malheur si elles s'abandonnent le moins du monde à leurs sentiments; et concevant une vive indignation contre ces institutions, et beaucoup de mépris pour les hommes, sa fierté lui ordonna cependant de se soumettre, puisqu'elle ne pouvait pas changer les choses.

Elle conserva donc sa dignité en employant, pour son bonheur, la dissimulation, la ruse, et tous les moyens que lui donnaient un esprit et un caractère habiles à deviner et à employer ce qui était utile dans la direction où ils se trouvaient.

Cette destruction de toute croyance du bien a mis du malaise et de l'ennui dans son âme; elle se déplaît à elle-même; c'est lorsque le cœur et les idées sont en harmonie, c'est lorsqu'on est en paix avec soi-même qu'on trouve dans l'attendrissement mille jouissances. Madame de Vernon, dans l'impuissance de s'imaginer ce que c'était que les grandes félicités de la vie, a cependant cru qu'il était de sa sagesse d'y renoncer et de se contenter de choisir entre les moindres maux possibles. Ce choix, soutenu avec persévérance et fermeté, ne la rend point heureuse; car l'assurance qu'on s'évite des peines ne tient pas lieu des biens qu'on perd, et auxquels la nature vous appelle malgré vous. Le développement de cette tristesse intérieure de madame de Vernon est d'une grande moralité; il peut y avoir de la satisfaction dans l'exercice même de certains défauts naturels; mais chez une nature gâtée par travail, corrompue par effort, il n'y a que la souffrance qui suit la contrainte et la dégradation. On trouve une moralité non moins frappante dans les détails de la vie de madame de Vernon. Elle cherche à se fuir elle-même, à s'étourdir; de là cet amour du jeu, ce désordre de sa fortune, cette foule de peines cachées et peu honorables.

Si nous examinons les autres détails de la conduite et du caractère de madame de Vernon, nous y trouverons un talent de même force : tout fait comprendre son attrait irrésistible; elle sait si bien profiter de ses avantages, qu'elle a presque le mérite de leur création : tant de dignité dans ses manières, un calme si doux, un charme si puissant, si flatteur, tant d'esprit et de grâce dans sa conversation, une certaine indolence si pleine d'attrait, doivent séduire au premier abord; et quand on y ajoute ces souffrances, cette pâleur que lui donnaient ses chagrins, et cette tristesse qui remplissait le fond de son cœur, on comprendra comment les effets produits par des causes déplorables, mais secrètes, devaient doubler l'attrait naturel, et comment tout jeune cœur se laissera captiver et subjuguer par des dehors si touchants.

Adroite à connaître les caractères, elle sent ce qui lui manque auprès de Delphine : c'est une personne qui sait n'être jamais affectée, parcequ'elle serait devinée, qui voit clair sur elle-même, et se met à la place des autres pour juger de l'impression qu'elle produit. Elle n'est pas plus entraînée par la vanité que par le sentiment ; elle est froide et maîtresse en tout. Malgré son tact et sa finesse, elle cause quelquefois cependant, non pas de la défiance, mais de l'étonnement à Delphine, qui, sans s'en rendre compte, ressent pour madame de Vernon bien plus de tendresse qu'elle ne lui accorde de confiance.

Jusqu'au moment où madame de Vernon a connu Delphine, ses talents, quelque détestables qu'ils soient, ont pu être utiles à sa vie dans les circonstances où elle se trouvait. Du moment où elle s'est mise en rapport avec une personnne parfaitement franche et généreuse, ils ne lui sont plus que funestes ; c'était pour diriger des gens sans vertus que ces tristes talents étaient nécessaires; et madame de Vernon, jusqu'alors si habile, a montré peu de pénétration en ne changeant pas de système avec Delphine, en conservant la même conduite dans des relations qui n'étaient plus les mêmes. Si Delphine avait connu plus tôt madame de Vernon, si elle avait pu être contemporaine de sa jeunesse, sans doute elle l'eût mise dans le vrai chemin du bonheur et de la vertu ; mais elle l'a connue trop tard, et c'est une belle opposition que celle de cette femme chez laquelle le naturel a été gâté, avec une autre femme chez qui les vertus devaient toujours triompher de toute influence.

On éprouve une indignation mêlée de pitié à voir madame de Vernon mettre toute la profondeur de ses combinaisons à amener le malheur d'une amie dont le cœur dévoué lui eût tout accordé ; à la voir employer toute sa puissance, toute son adresse, toute sa connaissance des hommes, pour acquérir un mari à sa fille, qui s'éloignera d'elle pour prix de son dévouement. Quelque perfide que soit madame de Vernon, elle ne pouvait peut-être s'abaisser à tant de perfidies que pour sa fille ; mais comme nulle loi dans la nature ne permet d'immoler les autres aux intérêts des siens, le motif de sa conduite n'en diminue que bien peu l'infamie : sa seule véritable excuse, c'est que son triste cœur ne sait pas le mal qu'il fait, et l'étendue des douleurs que l'humanité peut sentir. Le sentiment qui l'empêche de fléchir, quand Delphine, connaissant ses trahisons, l'en conjure, est assez noble, et la fierté vient conserver quelque dignité à ce caractère si admirablement soutenu.

Que de talent dans cette scène de rupture ! comme tout y est dans la nature des deux personnages ! comme tout le caractère de madame de Vernon s'y retrouve ! Elle a justement l'attitude que sa fierté devait donner à sa perfidie démasquée ; il y a dans ses discours toute la dignité et la fermeté qui lui sont naturelles, toute la mauvaise foi, l'adresse et l'immoralité que son éducation lui a inspirées ; elle a cette crainte des émotions que l'état de son cœur lui donne ; enfin quelques mouvements réprimés de sensibilité font voir qu'elle aurait pu être digne de comprendre Delphine, et que les nobles et touchants reproches de celle-ci ont porté coup.

La suite de leur conduite n'est pas soutenue d'une manière moins remarquable. Madame de Vernon calomnie Delphine, et sacrifie à sa considération dans le monde, dont elle a fait l'ouvrage de sa vie, les éclairs de vertu qui l'ont frappée. Delphine se sacrifie pour son amie coupable. Enfin, madame de Vernon, succombant à ses peines secrètes, à son isolement, aux douloureuses émotions que Delphine lui a causées, rappelle celle-ci, qui lui offre encore les consolations de sa généreuse tendresse. Quoique madame de Vernon n'ait pas encore entièrement reconnu l'erreur de son aride système, elle s'est enfin profondément repentie de sa conduite avec Delphine. La lettre admirable et profonde où elle explique son caractère et sa vie, la confiance de ses derniers entretiens, la douceur de sa résignation, la sincérité qui termine cette vie de dissimulation qui devait être plus estimable et plus heureuse, tout est senti, tout est vrai dans le caractère de madame de Vernon, et répand sur ses derniers moments un intérêt mêlé de douleur et de pitié. Il est bien touchant le récit des soins donnés par Delphine à son amie repentante, dans ces derniers moments, toujours sombres, et que le retour de Léonce rend si terribles.

Une belle et frappante circonstance de cette mort nous paraît surtout empreinte de la supériorité de madame de Staël : c'est celle qui présente Mathilde, la fille de madame de Vernon, catholique d'une âme étroite et d'une vive ferveur, assiégeant sa mère mourante pour lui arracher ce qui doit être librement accordé, l'environnant sans pitié d'appareils effrayants ; ne songeant, dans son affection égarée, qu'à ne pas ménager son corps aux dépens de son âme ; et madame de Vernon refusant, à la dernière heure d'une vie de perfidie, de donner l'exemple d'une croyance et d'une confession qui ne seraient point réelles ; pardonnant à sa fille, mais adressant au prêtre qui la dirige les plus sévères reproches, dans un discours admirable de raison, de force et d'éloquence.

De pareils tableaux valent des ouvrages de morale ; c'est la raison humaine mise en action. Mais pourra-t-on jamais faire comprendre à certains caractères plus ardents que sensibles où la religion doit s'arrêter ; comment elle est faite pour consoler, soutenir, rassurer, et non pas épouvanter? La foi complète n'admet point ces clartés.

De là la nécessité que tout soit bien précisé dans une croyance; car ceux qui n'en comprendront pas le but, et qui n'auront pas la sensibilité qui supplée à tant de choses, ne sauront jamais l'interpréter favorablement.

Puissent les lumières, qui croissent chaque jour, et au succès desquelles madame de Staël a si puissamment contribué, faire que de tels tableaux soient désormais pour nous plutôt des souvenirs que des leçons!

Le caractère de cette Mathilde, fille de madame de Vernon, est neuf et remarquable. C'est une personne peu sensible, peu spirituelle; mais qui a une volonté prononcée, et à laquelle sa mère a donné le frein de la religion catholique, persuadée que les femmes sont nées pour la contrainte ou le malheur, et ne voulant pas l'élever dans la triste dissimulation où elle-même a vécu. C'est une idée forte que d'avoir donné une telle fille et d'avoir attribué une telle éducation à madame de Vernon.

Le caractère de Mathilde s'élève dans la suite, lorsque, avec la seule influence de sa moralité, elle soutient la réputation de Delphine; et il y a du mérite à avoir ainsi montré quelle est la puissance que donne une conduite irréprochable, quels que soient ses travers.

Une chose qui est bien dans le caractère de Mathilde, c'est la simplicité avec laquelle elle demande à Delphine de fuir Léonce et de triompher de la plus vive passion : c'est le sentiment qui instruit de la portée du sentiment, de la valeur des sacrifices; Mathilde n'était pas capable d'admirer dignement Delphine, car la profonde admiration prend sa source au foyer de l'âme et de la pensée.

La seule circonstance où le caractère de Mathilde nous semble perdre de sa vérité, c'est lors des approches de sa mort, où elle déploie plus de sensibilité que sa nature n'en comporte.

Une autre femme dévote comme Mathilde, mais dont l'âme tendre a puisé à la même source des sentiments tout différents, c'est Thérèse, dont l'histoire est d'un si triste intérêt. Qu'elle est touchante cette Thérèse! quelle réunion de faiblesse et de puissance dans la passion de cette femme, qui vit et meurt d'amour, sans autre idée dans le monde; qui se sent si inférieure à son amant, qu'elle consent à s'avouer qu'elle est cent fois moins aimée qu'elle n'aime ! Que de sentiment dans cette dévotion douloureuse qui ne peut triompher de l'amour qu'elle combat qu'en se confondant avec lui ! et que d'âme dans cette conversation avec Delphine, où pour la dernière fois Thérèse se livre aux mouvements trop vifs, trop tendres d'un cœur rempli qui va se fermer pour jamais !

C'est cette Thérèse qui est la cause innocente des malheurs de Delphine. Celle-ci, en permettant, dans sa générosité, que le monde lui attribuât les torts de son amie, a fait que Léonce, abusé sur ses sentiments, et déterminé par des circonstances fatales, épouse Mathilde, qu'il n'aime point. Depuis ce moment le caractère de Delphine atteint toute la hauteur dont il ne doit plus descendre. Quelle éloquence, quel désespoir, quel mouvement dans ces belles lettres à mademoiselle d'Albemar, sur le mariage de Léonce et sur les jours affreux qui lui succèdent! Quel énergique accent d'une passion profonde, vive, et toujours vraie! et dans la suite que d'actions généreuses, que de dévouement, que d'oubli de soi, quelle volonté sincère et désespérante d'échapper à Léonce; quelle vie d'enthousiasme et de sublimes élans, et quelle manière simple et touchante de déplorer sa propre faiblesse! Le développement de ce caractère n'est qu'une suite de beaux et nobles sentiments; c'est une conception complète, que rien ne dépare, qui est dans toutes ses parties l'ouvrage d'une même impulsion. Delphine ne fait rien que son caractère ne commande, et rien de ce qu'il peut commander n'est omis. Sa grandeur, sa faiblesse, les qualités de l'esprit, de l'âme, tout est en harmonie, tout est empreint de la même chaleur. Ce caractère est vrai, éminemment vrai; et il frappe, par la franchise de ses couleurs, au milieu d'un ouvrage tout rempli de vérité. Mais dans ce portrait de Delphine il y a plus que de la vérité, il y a de la nature; on sent l'âme de l'écrivain dans ses expressions, on le sent lui tout entier et lui seul; rien n'est ajouté, rien n'est faible;

aucune teinte n'en fait pâlir une autre. Aussi nulle création n'honore plus son auteur, et il suffirait de cet admirable caractère de Delphine pour que madame de Staël inspirât un éternel respect.

C'était une situation difficile à rendre à la fois noble et d'un effet moral, que celle d'une femme acceptant la tendresse et les soins d'un homme marié. Il fallait peindre en même temps tout l'excès d'amour qui peut faire comprendre la conduite de Delphine, et tout le danger et le malheur que cette conduite entraîne ; il fallait que les peintures enivrantes de la passion ne l'emportassent pas sur celles des souffrances. Madame de Staël a complètement réussi, et personne ne voudrait acheter les profondes joies de Delphine au prix dont elle les a payées. « Le tableau d'une passion violente est sans doute dangereux, » avait dit madame de Staël dans sa lettre sur Héloïse ; personne n'a su mieux qu'elle balancer le danger de ce tableau : et cependant combien il y a de grandeur et de charme dans le détail de ces premiers temps heureux, lorsque Léonce a subjugué la volonté de Delphine, après ce retour ravissant à Paris. Quelle sensibilité de passion dans la lettre admirable de Léonce! Toutes celles de Delphine sont des modèles de vertu, de tendresse et d'éloquence. La vingt-quatrième est noble et belle ; quelle touchante pudeur! quelle innocente confiance! quels tendres, quels adorables aveux, et comme elle sait tout sentir et tout ennoblir dans l'amour! Mais bientôt tout prend une teinte sombre. La vertu de Delphine ne la sauve ni des murmures de Léonce ni des calomnies de la société ; et l'un des plus grands tourments de sa position est la crainte de la voir changer, qui en fait partie. Sa conscience aussi l'inquiète. Dans les élans d'une passion profonde, on peut se croire au-dessus de tout ce qui ne sait pas vous comprendre; mais l'âme ne peut pas se maintenir ainsi en dehors des choses de la vie ; elle est ramenée dans le cercle où il faut vivre : alors elle juge selon la raison humaine ce qui est redevenu humain, et c'est le propre de la vertu habituelle que de rendre la conscience délicate. Toutes les vertus comme tous les talents se perfectionnent et s'affermissent par l'usage.

Mais un autre malheur de sa position est d'avoir fait succéder à la vertu simple et certaine une multitude de devoirs. On ne peut plus agir selon des principes fixes, parcequ'en sortant des principes on a compliqué ses obligations. Il ne s'agit plus de faire franchement le bien; un trop prompt retour pourrait avoir un effet funeste. Ce qu'il faut, c'est faire le moins de mal possible, et non plus le plus grand bien possible.

Cette vertu imparfaite qui soutient encore, nuit dans la résistance qu'on oppose à la malveillance de la société. Cette société ne punit que ce qu'elle voit et que ceux qui la craignent. Mais, pour la tromper ou la braver avec succès, il faut une certaine adresse ou une certaine vigueur que les généreuses intentions peuvent seules inspirer à la vertu. Elle est belle et imposante dans sa ligne, mais dès qu'elle en sort elle ne sait plus triompher dans aucun chemin, et tout ce qui lui reste d'elle-même est un entrave à sa nouvelle marche.

De funestes circonstances où la générosité de Delphine vient encore exposer sa réputation, et lui donner des apparences coupables, redoublent les murmures de la société ; et Delphine, à l'âme si fière, au cœur si grand, est réduite à rechercher en coupable l'estime des gens qui ne la valent pas.

Elle reçoit les conseils d'une madame d'Artenas, dont le caractère, tracé dès le commencement du roman, est une composition excellente. C'est une femme qui connaît bien le monde, qui n'a ni enthousiasme ni méchanceté, et qui est au niveau des choses ordinaires de la vie. Ses lettres à Delphine, où elle conseille toujours ce qui est utile, sans songer aux sentiments de l'âme, sont pleines d'esprit et souvent fort amusantes. Tant qu'elle parle sur les rapports de la société, elle dit juste, car elle est maîtresse de son sujet; dès qu'elle veut diriger les sentiments, tout ce qu'elle dit est faux, parce-qu'elle n'est point à la hauteur des choses qu'elle veut traiter.

Enfin, Delphine se relève, et son admirable bonté lui rendant la force des sacrifices, elle fuit Léonce à la prière de Mathilde, et écrit à celle-ci cette lettre digne de faire répandre tant de pleurs. Pour une personne qui a de la grandeur, il doit y avoir une sorte de satisfaction à se porter par son imagination et par son talent dans des circonstances où l'on se sent toute son élévation, où l'on voit jusqu'où iraient sa force et sa générosité, où l'on s'éprouve soi-même dans des situations où l'on ne sera jamais.

Un autre personnage qui donne aussi à Delphine ses conseils est un M. de Lebensei, caractère hardiment tracé. C'est un homme qui, malgré les erreurs des nations et des individus, n'a soumis sa conduite qu'aux premiers et immuables principes de la morale. Observateur et penseur profond, il puise la sienne dans la nature. Il a épousé une femme divorcée, et, indépendant par caractère, il souffre moins du blâme de la société que des sacrifices auxquels la crainte de ce blâme l'aurait condamné. Son histoire et celle de sa femme, racontée par celle-ci dans le commencement du roman, est un modèle de sagesse et de sentiment. Le personnage de M. de Lebensei est opposé à Léonce, et fort supérieur à lui par l'esprit.

Une des lettres les plus remarquables de l'ouvrage est celle qu'il écrit à Delphine sur le divorce, dans le dessein de décider Léonce à se dégager des liens qui l'unissent à Mathilde.

Il se fonde sur cette idée que le but et le moyen de la nature étant le bonheur, c'est-à-dire que la nature nous menant à l'accomplissement de nos premiers devoirs par l'instinct et la tendresse même, n'a pas pu vouloir l'indissolubilité de liens que ne commanderaient ni l'amour ni l'affection. Il examine les principes du culte protestant, qui, voulant le bonheur selon la nature, est fort de sa puissance, et durable par elle. Passant ensuite à la sévérité de la religion catholique, il remarque qu'elle a pris ses principes en dehors de la nature ; et que, d'autant plus puissante si elle triomphe, elle sera plus facilement rejetée si l'on vient à douter de sa justesse. L'excès de rigueur produit de toute façon l'égarement.

Ce qui est selon l'évangile et la nature est donc ce qu'il y a de plus moral et de plus durable.

Cette lettre renferme des beautés d'un grand ordre, et respire l'innocence et la vertu; c'est la plus touchante interprétation des volontés d'une providence bienfaisante.

La réponse de Delphine, qui présente la circonstance où les principes de M. de Lebensei ne sont plus applicables, la circonstance où il faut savoir se vaincre soi-même, parceque le bonheur qu'on obtiendrait serait payé de celui d'un autre, est aussi un modèle de vertu et de raison; elle vient bien après la première, et ces deux lettres renferment les seuls et vrais principes qui peuvent faire l'honnête homme, soit qu'il ait besoin d'une générosité coûteuse, soit qu'il n'ait qu'à obéir à une nature toujours sage.

Une autre lettre admirable de M. de Lebensei est celle écrite plus tard à Léonce, sur le parti qu'il doit prendre dans la révolution française.

Démontrant comment il ne faut pas, dans des troubles civils, prendre pour guide l'opinion qui varie selon les partis, et qui ne se laisse pas déterminer par la vertu, mais par le succès, il met au premier rang des biens qu'on peut désirer sans craindre de se tromper l'indépendance nationale et la liberté. « C'est un grand malheur, je le sais, dit-il, que d'exister dans le temps des dissensions politiques : les actions ni les principes d'aucun parti ne peuvent contenter un homme vertueux et raisonnable. Cependant toutes les fois qu'une nation s'efforce d'arriver à la liberté, je puis blâmer profondément les moyens qu'elle prend, mais il me serait impossible de ne pas m'intéresser à son but. La liberté, vous l'avouerez avec moi, est le premier bonheur, *la seule gloire de l'ordre social;* l'histoire n'est décorée que par les vertus des peuples libres; les seuls noms qui retentissent de siècle en siècle à toutes les âmes généreuses, ce sont les noms de ceux qui ont aimé la liberté! *Nous avons en nous-mêmes une conscience pour la liberté comme pour la morale;* aucun homme n'ose avouer qu'il veut la servitude, aucun homme n'en peut être accusé sans rougir. »

Le roman de Delphine pourrait être divisé en deux parties, dont la seconde est bien inférieure à la première. Celle-ci est admirable d'un bout à l'autre; et, excepté la scène de Léonce et de Delphine en habits de bal sur la place Louis XV, et celle de Delphine et de Mathilde au tombeau de madame Vernon, il n'y aurait rien dans cette première partie qui méritât le blâme ou le ridicule.

Il n'en est pas ainsi de la seconde moitié de

l'ouvrage. Quoique le talent de l'auteur s'y retrouve, quoiqu'on y reconnaisse la même main, les événements ne sont plus aussi bien conduits; ils sont forcés ou pressés, et il semble que le génie se soit fatigué de produire. Quelques fragments des pensées de Delphine, qui commencent ce que nous appelons cette seconde partie, renferment des choses ravissantes ou admirables.

On trouve analysé chez madame de Staël ce qu'on n'avait fait que sentir; elle vous rend compte de vos propres impressions, elle vous dit les secrets de votre cœur; on se trouve là expliqué soi-même : elle sait tout ce qui est sensible, tout ce qui est touchant, tout ce qui va vous ébranler au fond de l'âme.

Le personnage de madame de Ternan se fait remarquer par sa vérité, et l'on se demande comment le même esprit qui a conçu le sublime caractère de Delphine a pu peindre avec tant de mesure et de talent un caractère constamment insensible, égoïste et frivole. Mais on est peu satisfait d'un nouveau personnage encore, madame de Cerlèbe, et des événements qui décident Delphine à se faire religieuse. M. de Valorbe, cet ancien adorateur de madame d'Albemar, devient tout-à-coup un être extraordinaire et important. Il n'y a pas de vérité dans le développement de ce caractère; c'est une conception qui s'agrandit sans proportion et sans force. Cependant ce n'est qu'en tremblant que j'avoue un tel avis; lorsqu'il faut critiquer madame de Staël, je m'effraie de ma témérité; quand je n'approuve pas ses créations, je crains de ne pas la comprendre, et je ne marche avec confiance et sûreté que dans mon admiration pour elle.

Le dénouement du roman a été fait deux fois par l'auteur; et le second, quoique beaucoup meilleur que le premier, n'est pas plus satisfaisant.

Elle suit une grande pensée, mais elle ne la soutient pas avec des moyens également bons. Son plan est en général meilleur que les événements qui y concourent. Je ne dis point cela pour le commencement de ses deux romans, mais pour la fin. Cette remarque est surtout applicable à Delphine. Depuis l'instant où Delphine quitte Paris, les événements sont forcés, et concourent à la vérité de l'idée principale, sans être vrais en eux-mêmes.

J'ai voulu ici présenter l'ouvrage dans son ensemble, et faire sentir les beautés générales. Dans un tel examen mille beautés de détail vous échappent, et vous pourriez faire encore un ouvrage sur toutes les choses dont l'analyse n'entrait pas dans votre plan.

L'ouvrage est utile par les vérités qu'il enseigne, et son but est moral, mais il ne prouve en rien la justesse de l'épigraphe : *Un homme doit savoir braver l'opinion, une femme s'y soumettre.* Ce principe serait peut-être juste si l'opinion était la même pour tous deux ; mais puisque la société a tracé de différents devoirs à chacun, ni l'un ni l'autre ne doivent s'écarter de ces devoirs, et ni l'un ni l'autre n'y doivent rester fidèles quand un devoir supérieur s'y oppose.

Mais, à tout prendre, l'ouvrage est utile, en ce qu'apprenant quelle est la vie telle que le monde la conçoit, il peut suppléer à l'expérience. Suppléer à l'expérience! quel plus grand peut être l'effet d'un livre? On peut mettre à profit pour soi les leçons qu'il offre, et dont d'autres supportent la peine. Il présente la société telle qu'elle est, avec ses lois souvent cruelles.

La société est arrangée pour la multitude, qui est médiocre; elle est proportionnée aux moindres facultés. Cet arrangement est peut-être très sage, mais il gêne le développement des grands caractères. En l'adoptant, on n'a pas tenu compte des êtres qui font exception, et le travail de ces êtres est de se régler sur des lois qu'ils seraient souvent portés à violer. Ce roman vous présente à la fois ceux qui ont à souffrir des lois de la société et ceux qui s'en arrangent. Différents caractères parfaitement tracés vous font sentir à tout moment ces bornes de l'esprit et des sentiments que vous retrouvez dans les natures véritables, et qu'il eût été d'autant plus facile à l'imagination de dépasser involontairement, qu'on s'accoutume difficilement dans la vie à les retrouver toujours les mêmes.

Un caractère généreux apprendra là que ses vertus sont peu communes ; il saura, sans en être instruit par de cruelles épreuves, que parmi des gens qui ne peuvent ni vous comprendre ni vous pardonner, il faut souvent contenir en soi ce qui serait honorable ; il sentira l'utilité de la défiance, de la réserve, et comment enfin l'inégalité des qualités qui se trouvent dans la société y rend quelquefois jusqu'aux vertus relatives. Gardant la même estime pour la franchise, respectant toujours les premières et nobles impulsions de l'âme, restant le même au fond du cœur, un être élevé apprendra à se modifier quand il le faudra dans ses rapports. Il apprendra qu'on doit, en mettant à profit les moyens de bonheur qu'on a, respecter pour ce bonheur même les lois qu'a établies la société au milieu de laquelle on veut vivre ; il faut les respecter pour l'intérêt de sa famille comme pour le sien ; autant que de certains devoirs supérieurs ne vous tracent pas une route à part de la route ordinaire. Comme ce qu'il y a de méritoire c'est de se sacrifier soi-même, on saura facilement quand on peut braver l'opinion publique sans remords.

Sans doute un être supérieur, soutenu par la pureté de son âme, peut tout mépriser et braver ; il y a dans son cœur plus que cette société ni personne ne peut lui donner ; mais comme il vit dans le monde, il souffrira tôt ou tard de la position où il se sera mis. Il faudrait une volonté bien forte, une énergie bien grande pour soutenir victorieusement une désapprobation continuelle ; et le plus court et le plus facile est de respecter ce qu'on ne peut pas briser.

La jeunesse a surtout besoin de tels avertissements. Il semble qu'en entrant dans le monde elle va tout changer, tout soumettre, tout élever jusqu'à son caractère. Il ne doit point y avoir d'obstacles à ses volontés. Le premier mot d'une renonciation quelconque, l'idée de la résignation la ferait frémir et remplirait son cœur d'impatience et de chagrin. Cet ouvrage, comme le temps, révèle doucement les mille motifs de soumission ; et les jouissances intimes et sérieuses que le sentiment apporte à la jeunesse la consolent en partie des biens et de la franchise auxquels il faut renoncer.

La jeunesse n'a point d'idée non plus de ce qui peut succéder au bonheur. Elle croit toujours rester triomphante et heureuse ; elle ne voit point de lendemain à sa félicité.

Enfin elle ignore qu'on peut vivre encore après un premier amour. Elle ignore qu'à des années d'enivrement peuvent succéder des années d'ennui et de désespoir, et que cette confiance dans le bonheur, cette sorte de courage qu'on éprouve, tiennent au bonheur même, et disparaissent avec lui. La vie est très longue quand on la voit sous de certains rapports ; mais il faut déjà avoir souffert de ce qui succède aux passions pour s'effrayer désormais des tristes jours qu'elles pourront entraîner, et songer à mettre de l'ordre et de l'identité dans sa vie.

Il y a donc des sacrifices à faire pour les âmes d'un certain ordre. Riches de tant de trésors de pensées et de sentiments, elles trouveront donc dans les institutions sociales des peines dont le vulgaire n'est point atteint. Qu'elles profitent des leçons que leur donne madame de Staël. Dans tous ses ouvrages elle leur a parlé leur langue ; on peut l'écouter sans craindre d'être indigné : elle a souffert toutes les douleurs, elle a senti toutes les blessures ; c'est une personne atteinte des maux qu'elle analyse, qui vous dit comment il faut les éviter. Ici elle ne décourage pas de tous les sentiments, comme dans son ouvrage sur l'influence des passions. Ses peintures de l'amour, des affections, ont été si ravissantes, qu'elle vous a donné non plus le désir de tout éteindre, mais le désir de tout bien diriger, afin de pouvoir jouir de tout, et tel est le but de la plus saine morale.

Il a bien mérité du genre humain l'être qui veut mettre ses souffrances à profit pour le bonheur du monde. Il y a dans ce dessein tant de bonté, tant de pitié, il faut pour le soutenir tant de talent, tant d'éloquence, que celui qui parvient à son but mérite l'admiration avec la reconnaissance. Si madame de Staël a donc senti de profondes peines durant sa vie, c'est à la postérité, qui sait la comprendre, à lui payer par un vif enthousiasme ce qu'elle nourrissait d'espérance de gloire ; car elle avait l'amour de la gloire comme la bonté. Le bien qu'on éprouve en lisant ses écrits fait déjà que ses vœux les plus généreux sont remplis. Il nous reste à accomplir ceux dont le succès dépend de nous ; il nous reste de joindre l'estime à l'émotion dont elle seule a le mérite ; heureux que l'enthousiasme de la postérité la paie

5

en quelque sorte de ses travaux ; heureux qu'elle ait eu une passion qu'il soit en notre pouvoir de satisfaire !

LETTRE V.

SUR CORINNE.

Nous allons parler de l'ouvrage de madame de Staël qui a eu le plus d'éclat, de celui où, forte de sa réputation, et laissant à son génie un plein essor, elle a mis toute son âme. Ici son talent est plus formé ; et la conception, et la conduite, et le développement de l'ouvrage, tout est admirable. Quelques taches légères ne peuvent point nuire à l'ensemble ; mais en signalant les beautés de cet écrit nous ferons en sorte de ne pas nous laisser entraîner par nos propres impressions, et de garder la justice voulue.

On sent que c'est l'histoire des sentiments, des passions, des idées d'un être supérieur. Tout se rapporte à Corinne : c'est pour la faire connaître que les événements sont préparés ; son caractère a décidé de celui de tous les autres personnages ; l'Italie même, cette terre de gloire, a été choisie pour Corinne, et comme le lieu de l'Europe le mieux fait pour elle. Ce roman présente, comme celui de Delphine, les malheurs d'une femme victime de ses propres facultés et de la sévérité des institutions sociales.

Mais comme pour un esprit vaste une grande idée est féconde, la première pensée de l'ouvrage a donné à madame de Staël l'occasion de mille développements qui ont chacun des beautés particulières.

Il y avait de la grandeur à mettre la description de l'Italie dans la bouche de Corinne, d'une femme inspirée et remplie d'enthousiasme ; et l'auteur a tenu tout ce qu'il semblait promettre.

C'est un choix heureux que l'Angleterre pour le pays de l'amant de Corinne, et ce n'est pas une chose moins heureuse que l'opposition, plutôt indiquée que développée, de l'Angleterre à l'Italie, l'une forte par sa raison et sa liberté, l'autre brillante de ses richesses naturelles, mais dégradée comme nation. Il y a une haute moralité dans cette opposition.

Le roman commence, et l'exposition, largement tracée, comprend tout, et fait déjà prévoir l'intention et le sujet du roman.

Le premier personnage en scène c'est Oswald. Que c'est habile de l'avoir fait souffrant et malheureux! de manière que tout intéresse en lui, son caractère et sa position, et que sa faiblesse morale, son irrésolution, se trouvent excusées par cet état de malaise et de peine. Ce n'était pas d'ailleurs l'Angleterre dans toute son énergie qu'on voulait montrer. Il ne faut point qu'elle l'emporte sur l'Italie, non plus que lord Nelvil sur Corinne. Comme si l'auteur avait pensé que l'aspect de la douleur laisse de plus profondes traces que celui de la joie, ce n'est qu'après nous avoir pénétrés du chagrin d'Oswald qu'il nous montre l'Italie et ses fleurs, Corinne et son triomphe. Alors les couleurs changent, la terre de l'imagination se découvre, l'air du midi se fait presque sentir, et madame de

Staël semble se complaire dans le récit du triomphe d'une femme extraordinaire.

Mais lorsque la passion de Corinne pour Oswald commence à naître, une douce mélancolie succède à la première tristesse d'Oswald et à la satisfaction de Corinne. En acquérant des sentiments d'une certaine profondeur, ce ne sont pas seulement des jouissances qu'on éprouve, ou du moins ces jouissances ne sont pas sans mélange. L'humanité a une existence trop courte et une destinée trop incertaine pour aimer passionnément avec sécurité, et mille idées douloureuses, mille craintes vives naissent et s'accroissent avec la puissance des attachements.

Tout semble devoir concourir à lier Oswald et Corinne. La peinture des commencements de leur amour est ravissante, et le développement de leur caractère est rempli de talent.

L'auteur n'a pas voulu faire moins aimer qu'admirer Corinne. C'est une femme qui a dans sa bonté, dans sa tendresse, dans sa générosité, toute l'étendue qui se trouve dans son esprit. On comprend que d'immenses facultés de souffrance et de réflexion ont concouru ensemble à accroître sa pitié naturelle. Facilement ébranlée par tout ce qui porte un caractère de grandeur ou de sensibilité, et souvent inspirée par un génie qui semble la maîtriser, alors elle s'élève au-dessus de tout ce qui est terrestre ; et, soit que son talent s'emploie à chanter les héros, soit qu'il porte aux cœurs affligés des bienfaits, elle est toujours également grande, également digne d'amour et d'enthousiasme.

Le caractère d'Oswald est en général bien tracé. Tout est arrangé, tout est calculé pour le faire comprendre et excuser. Il y a une grande habileté dans le choix et le détail des nuances qui sont dans sa nature. Il existe entre Corinne et lui une sympathie et une diversité qui entretiennent et excitent leur passion. On s'explique combien la dignité d'Oswald, sa sensibilité, sa réserve, ses chagrins, l'élégance et l'attrait de sa personne, ont pu subjuguer l'imagination de Corinne ; et l'inquiétude bien motivée qu'elle conçoit de sa sévérité, et la tendre pitié qu'elle ressent pour ses peines, et la bienfaisante influence qu'elle exerce sur lui, indiquent d'avance que ce sera elle qui aimera le plus tendrement, le plus long-temps : l'être qui console est attaché par de plus forts liens que celui qui, déjà découragé par le malheur, reçoit les soins et le bonheur fragile qui les suit.

Elle offre à lord Nelvil de lui montrer Rome. Ici l'ouvrage atteint à une grande hauteur. Corinne faisant voir les monuments de l'antiquité à Oswald a quelque chose d'imposant et de solennel. C'est le génie expliquant le génie, marchant de pair avec le sujet auquel il s'élève, et célébrant avec un digne langage l'histoire des hommes, l'influence des temps, et la grandeur, et la vanité de tout ce qui est périssable.

Il y a beaucoup d'élévation et de mélancolie dans ses pensées à l'aspect des ruines qui seules ont survécu aux nations. C'est avec un profond respect qu'elle parle des beaux temps de la république romaine, et qu'elle désigne les faibles vestiges de ces époques reculées. Une grandeur succéda à une autre ; mais on sent qu'en contemplant les monuments admirables des siècles qui ont suivi la dégradation romaine, Corinne veut se garder d'éprouver pour les merveilleux ouvrages de l'empire l'enthousiasme qu'elle doit à la république, et de sentir ainsi pour ce qui vient de la main des hommes ce qu'elle ne doit qu'aux vertus qui partent de l'âme.

Rome moderne, Rome artiste, Rome encore l'école des hommes en quelque chose, Rome vouée à un autre culte, créatrice de nouveaux temples, mêlant les beautés de son existence présente à ses souvenirs, est jugée par Corinne avec les mêmes lumières et le même bonheur.

Quittant la description des monuments pour étudier le caractère moral des Italiens, une lettre d'Oswald, qui les condamne avec sa sévérité anglaise, et la réponse de Corinne, qui les justifie avec sa supériorité d'âme et d'esprit, contiennent, l'une beaucoup de mépris, l'autre une admiration pleine de pitié. Il y a un grand talent à avoir ainsi exposé les idées d'un homme dont la raison est souvent trop rigide pour être droite, et à avoir fait, en réponse, expliquer par Corinne elle-même le caractère d'un peuple qu'on ne peut comprendre et apprécier tout-à-fait qu'avec de l'imagination.

Dans des conversations fortes et élégantes, Corinne juge de la littérature italienne et des grands hommes qu'elle a produits. Les peuples du nord, qui concentrent leurs émotions au fond de leur cœur, et sont portés naturellement à la méditation, ont sondé les profondeurs du sentiment et de la mélancolie; les peuples du midi, cédant à l'influence d'une nature riante et parée, mettent, pour ainsi dire, leurs émotions au grand jour, et peignent avec enchantement et vivacité les merveilles qu'ils ont sous les yeux; ils ont souvent plus d'imagination que de vérité, mais l'harmonie, la magie de leur langage éblouit, et trompe sur le mérite réel qui leur manque quelquefois.

Sur cette terre de l'imagination ce fut un poëte qui voulut ramener la sévérité. Le noble Alfieri, sérieux comme le Dante, rêvant la liberté, indigné de la situation de sa patrie, fit entendre des accents mâles; mais il exagéra pour ainsi dire la force, croyant devoir se montrer d'autant plus austère qu'il se sentait le seul à l'être.

La présence d'Oswald rend Corinne plus éloquente, plus animée ; on sent que son amant lui donne toute la félicité dont elle est capable, parcequ'il met en action tous ses moyens de bonheur, et lui révèle les immenses jouissances du sentiment, qu'elle ne connaissait pas encore dans toute leur étendue. Il ne change pas son caractère et ses goûts, mais il fait prendre à tout ce qui l'occupe un intérêt jusqu'alors ignoré ; il agrandit pour elle la gloire et les succès : et Oswald, qui s'inquiète des besoins de triomphe qu'il croit à Corinne, a raison dans ce sens, que, s'il se croit préféré à tout par Corinne, il sent qu'il ne lui tient pas lieu de tout. Un grand sentiment pour une personne qui a de l'imagination répand sur toutes ses impressions comme une vie nouvelle ; il les domine, mais il n'éteint pas tout pour régner seul.

Oswald reçoit de la tendresse de Corinne le calme et l'enivrement qui peuvent le rattacher à la vie ; néanmoins le mystère qui enveloppe l'existence de Corinne réveille par l'inquiétude ses tourments habituels. Elle s'afflige à son tour de sa peine, et éprouve l'effroi de le voir s'éloigner. Cet excès de trouble et d'amour entretient l'intérêt du roman, et de nouvelles beautés doivent vous conduire jusqu'au moment où Corinne fera enfin part à lord Nelvil de l'histoire de sa vie.

En visitant avec lui les chefs-d'œuvre des arts, elle est portée à examiner l'influence des institutions, de la liberté, sur les talents et l'imagination. C'est une grande pensée qu'elle cherche dans les créations de l'art ; c'est l'âme qu'elle veut voir dans la noblesse et l'harmonie des traits. Le beau dans les arts la ramène toujours au beau moral, parcequ'elle est encore plus penseur qu'artiste.

Une fête populaire, le détail des cérémonies de la semaine sainte, présentent le peuple romain sous un nouvel aspect, et font connaître la distinction de ce peuple fait pour la poésie et les arts, la vivacité de son imagination, dont la puissance est telle que c'est bien moins les choses qui agissent sur lui que les idées qu'il s'en fait; enfin, la religion pleine de tolérance, née de cette imagination qui, embellissant et agrandissant tout, peut être mobile sans produire l'inconstance.

Corinne, à la manière des femmes d'Italie, mêle la dévotion à l'amour; elle se retire durant la semaine sainte dans un couvent. Oswald, profondément attristé de son absence, va parcourir des couvents d'hommes. L'aspect de cette vie stable et solitaire impose. C'est peut-être parceque l'imagination de madame de Staël, devenant ici italienne en quelque point, prête, sans le vouloir, sa propre puissance aux habitants de ces tristes communautés. De là l'étonnement qu'elle éprouve à leur voir supporter l'existence.

La supériorité oublie quelquefois qu'elle fait exception dans la vie : de là la difficulté qu'elle trouve à juger les hommes, difficiles à connaître si elle veut les croire de sa trempe, mais dont elle aurait bientôt fait justice si elle songeait qu'elle seule diffère de tous, et que ce qui est général c'est la médiocrité.

Les cérémonies de la semaine sainte donnent moins à rêver. La manière dont elles sont célébrées, l'indifférence des prêtres, leur agilité, leur exactitude, qui ont fait de leurs augustes devoirs un métier habituel, nuisent à la grandeur de l'ensemble, et font regretter que, dans des cérémonies consacrées par la foi, la foi seule semble étrangère.

La célébration du vendredi saint ranime l'attendrissement éteint de lord Nelvil; et une conversation avec Corinne, qu'il retrouve à l'église, expose la différence de leurs opinions religieuses.

La religion d'Oswald, ayant eu à combattre par l'austérité un culte établi, est sérieuse et rigide. Celle d'Italie, celle de Corinne, s'est pour ainsi dire appropriée à la nation; elle est tolérante, vive, tendre, mais sujette à des égarements qu'Oswald signale avec toute la justesse et la sévérité protestantes.

Corinne considère la religion comme la réunion de tous les sentiments d'amour, d'indulgence et de pitié. C'est un besoin de son cœur lorsqu'il aspire à quelque chose de plus que les affections humaines; c'est tout ce que la raison ne saurait expliquer, ce que l'enthousiasme seul inspire, et ce que lui seul nourrit. Cette pompe, ces églises consacrées à Dieu, cette magnificence qui n'a point une utilité immédiate, un but terrestre, lui paraissent nobles autant que nécessaires pour entretenir l'exaltation.

Oswald veut trouver dans la religion un

frein pour les passions autant qu'un sentiment. La vertu exige des sacrifices ; ainsi, l'on doit chercher les moyens de combattre plutôt que de jouir. Il voit la divinité dans la raison comme dans l'enthousiasme, et une simplicité imposante, l'aspect de la nature, agissent plus sur son esprit que toute la splendeur du culte romain.

Corinne, dans son entraînement plein d'éloquence, juge d'après son cœur ; ce qu'elle dit n'est applicable qu'aux individus. Oswald est plus dans la vie réelle, et ses principes sont applicables aux nations.

Cependant Oswald, toujours plus tourmenté, veut s'éloigner, et parle d'aller voir Naples ; Corinne lui propose de le suivre, et il faut tout cet amour, et l'amour de Corinne, pour justifier un tel oubli de réserve et un abandon si complet de soi-même.

Le même talent qui se trouve dans les descriptions de Rome se trouve dans celle des autres villes ou contrées de l'Italie. En approchant de Naples, qui est proprement le midi de l'Italie, on trouve une peinture plus vive et plus poétique des beautés et des richesses du climat. Ici madame de Staël, qui a célébré tout ce que le temps et les hommes avaient fait et détruit, célèbre la nature, qui est impérissable, et qui voit passer sans s'altérer et le temps et les hommes.

Après avoir parcouru Naples, ville si tumultueuse, si passionnée, où de généreuses institutions trouveraient une population si prompte à s'ennoblir et à s'éclairer; après avoir vu les antiquités qu'elle renferme, et le Vésuve, qui fait sa gloire, Corinne, instruite de l'histoire d'Oswald, et voulant retarder de huit jours le moment de lui apprendre la sienne, donne une fête dans le plus beau lieu de la belle campagne de Naples. C'est sur le cap Misène. Là s'unit aux sublimités de la nature la grandeur des souvenirs. Corinne, remplie d'une tristesse que chaque instant rend plus sombre, s'éloigne pour chercher la solitude; rappelée bientôt par ses amis, et suppliée de se livrer à ses inspirations, elle répand sa mélancolie sur ses chants, et, après avoir célébré les souvenirs que les lieux retracent, elle déplore avec un violent sentiment de souffrance les besoins d'une âme exaltée, qui, parmi les jouissances de la terre, n'en trouve point qui puisse lui suffire; qui se nourrit de ses regrets et de ses vaines agitations, et qui ne déploie que pour la douleur toute sa puissance et son énergie.

Ce qu'il y a peut-être de plus admirable dans tout l'ouvrage, ou du moins ce qui est le plus entièrement parfait, c'est l'histoire de Corinne, son histoire jusqu'à vingt-un ans, écrite par elle-même.

C'est la peinture de ce qu'éprouve une personne distinguée en butte à l'influence des esprits étroits, qui condamnent ce qu'ils ne peuvent comprendre. Madame de Staël a exprimé ce que les êtres à part ressentent vivement: les besoins d'une âme et d'un esprit élevés, et l'horreur et l'effroi de cette médiocrité despotique qui porte en aveugle ses irrévocables arrêts.

Il n'y a pas un mot, pas une expression qui ne soit remarquable et sentie. Là est peinte dans sa pleine vérité la souffrance continuelle d'une personne gênée dans le développement de ses sentiments et de ses facultés. Eh! n'est-il pas excessivement douloureux de se sentir la puissance d'aimer, d'admirer, sans avoir à qui vouer son cœur et son admiration? N'est-il pas cruellement pénible de n'entendre rien qui vienne ranimer la pensée, d'être fatigué par son intelligence, qui, à défaut de variété, s'exerce sur vos chagrins, et tourne ainsi contre vous-même toute sa force? Que de douleur et de découragement dans l'âme! Que d'inquiétude et d'égarement dans l'esprit! On sent soi-même combien on reste au-dessous de ce qu'on pourrait être; cette sourde douleur, cette sourde agitation, n'aveuglent point sur le vrai motif qui les cause. Un jour où le soleil se montre, la page d'un livre où l'on retrouve l'expression de ce qu'on sent, un élan de l'âme et de la pensée, vous révèlent d'intervalle en intervalle tout le bonheur dont vous êtes capable ; et rien n'est plus misérable ni plus aride que de passer ainsi sa vie à déplorer l'inactivité de ses esprits et à se pleurer soi-même.

La peinture des mœurs de la petite ville qu'habite Corinne est de main de maître. Livrée à cette stupide société, elle n'a pas le triste pouvoir de souffrir en liberté.

Qu'on juge ce que c'est pour un esprit supérieur que le spectacle de la médiocrité triomphante et tyrannique, se complaisant dans sa faiblesse comme le génie ose à peine se complaire dans sa force, et affermissant chaque jour ses erreurs ! Corinne éprouve aussi un vif chagrin de la malveillance qu'elle inspire ; la médiocrité est âpre et dure dans sa désapprobation ; comme elle a peu d'idées, elle ne sait pas le mal qu'elle fait, et en fait d'autant plus qu'elle le sait moins.

Lady Edgermond est la médiocrité personnifiée. Ce caractère est là admirablement tracé; un mot, une situation, le peignent tout entier.

Les souvenirs et les tendres regrets de sa riante et belle patrie augmentent l'amertume des peines de Corinne. La sévérité du climat qu'elle habite rend ses impressions plus sombres. Cette histoire respire une tristesse extrême. Toutes les circonstances, tous les événements en sont douloureux.

La visite du père de lord Nelvil est pleine d'intérêt, et l'impression que Corinne produit sur lui est heureusement et habilement trouvée.

Et lorsque Corinne songe qu'elle est libre et qu'elle peut retourner en Italie, que de charme dans le réveil de son cœur à l'enthousiasme et à l'espérance! Des chants d'Italie viennent ébranler son âme et la rappeler tout entière à sa patrie.

Corinne ne commet point une action condamnable en quittant sa petite ville d'Angleterre; loin de là, son instinct la pousse à un acte plein de raison. Les facultés différentes imposent de différents devoirs ; assigner les mêmes à chacun, c'est rendre la plupart des êtres inutiles et malheureux. Tel homme se fût distingué par de grands services dans une carrière forte et laborieuse, qui est devenu indolent ou coupable dans l'oisiveté. Corinne se trouve inutile dans la petite ville qu'elle habite ; n'étant point destinée aux soins ordinaires de la vie, elle perd ses jours dans la souffrance, et le spectacle de sa triste inoccupation peut être dangereux pour des gens qui ne sauraient se l'expliquer. Née pour les plus nobles jouissances de l'âme et de la pensée, faite pour embellir la vie des autres, elle est comme un don du ciel à la terre ; et il y a quelque chose de très sage, et par conséquent de très moral, à se mettre en position d'être utile selon ses moyens. Il faut vaincre la nature quand le devoir l'ordonne, mais non pas quand la nature elle-même prescrit le devoir.

Oswald ne juge pas ainsi, et sa sévérité vient encore nuire à sa raison. Il est troublé des goûts de Corinne et de l'opinion que son père avait conçue d'elle.

De ce moment les couleurs changent ; elles se rembrunissent, et doivent devenir toujours plus sombres. La félicité de Corinne est détruite; ses rapports avec Oswald ne sont plus les mêmes; et si l'on veut un moment bien comprendre sa situation, on sentira combien en effet elle est pénible et désolante.

Retournés à Rome ensemble, et forcée de quitter cette ville à cause d'une maladie contagieuse, Corinne, durant la nuit, parcourant seule les monuments, adresse à Rome des adieux solennels et pleins d'une éloquente sensibilité.

Ils se rendent à Venise, chez cette république fameuse, où les nobles s'étaient réservé les hautes vertus et les importantes fonctions, où, s'environnant de la terreur et du mystère, ils condamnaient le peuple à d'éternels plaisirs. C'est au milieu des amusements de Venise, c'est lorsque l'excès de l'amour l'emportait sur l'inquiétude, que Corinne apprend qu'Oswald va la quitter et lui fait ses adieux. Et quels adieux! Jamais, sans doute, le désespoir et la passion n'inspirèrent un langage plus éloquent! Quelle touchante pitié pour la douleur d'Oswald! quelle crainte vraie des nouvelles impressions qu'il va recevoir!

La plus belle de ces impressions redoutées est celle que l'aspect de l'Angleterre produit sur lord Nelvil. L'ordre et la prospérité de cette contrée de la morale effacent de son esprit les souvenirs poétiques et brillants de l'Italie avilie.

On comprend de même l'impression que Lucile fait sur Oswald. La modestie, la candeur, la beauté parfaite de cette jeune et innocente fille, sont peintes avec des couleurs si fraîches et si délicates, avec tant de grâce et de charme, que le lecteur devient complice d'Oswald, et oublie un moment tout le génie de Corinne pour n'aimer que la timidité ravissante de sa sœur. Tout s'embellit dans ces lieux que l'histoire de Corinne avait montrés si tristes.

Mais est-il naturel que lord Nelvil, un moment charmé par Lucile, oublie si facilement Corinne, qu'il la soupçonne de l'oublier? est-il naturel que la volonté de son père mort ait tant de puissance, et se peut-il que, dans les circonstances où se trouve Oswald, et avec un cœur passionné, son amour filial et son amour pour Corinne aient une égale influence, et que celui qui domine ne l'emporte pas sur l'autre?

Ici les sentiments, les situations, les événements, sont forcés; mais la grande pensée du roman est soutenue, et l'on peut se prêter à ce qui rentre dans le plan général.

Le départ de Corinne pour l'Écosse est l'effet d'une imagination troublée, qui a besoin d'un acte quelconque pour ne pas s'altérer tout-à-fait. Il y a des beautés d'une grande portée dans les détails de son affreuse position ; mais cette position devient peut-être trop déplorable, et l'on éprouve un sentiment moins pénible à contempler cette noble et généreuse Corinne lorsqu'elle est venue s'établir à Florence. Son abattement, sa profonde tristesse, sa vie isolée, sa santé qui s'altère, ces vains et douloureux efforts pour réveiller un enthousiasme qui n'est plus que de la douleur, la différence frappante de cette Corinne à celle de Rome, tout inspire pour elle l'intérêt le plus tendre et le plus puissant. Ce n'est plus alors un roman qu'on lit, c'est une histoire; la fiction prend le caractère de la réalité; Corinne n'est plus un être imaginaire, c'est une amie qu'on aime, qu'on respecte, dont les peines vous occupent, vous tourmentent, et à laquelle on voudrait vouer ses soins et sa vie. Ici l'âme et le talent de l'auteur ont imprimé leur plus sublime caractère.

La description de l'Italie, qui se soutient durant tout l'ouvrage, présente aux regards les travaux de la Toscane; les souvenirs des beaux temps du moyen âge y ont remplacé ceux de l'antiquité.

Une des plus heureuses idées du roman c'est le retour en Italie, durant l'hiver, de lord Nelvil, accompagné de Lucile. L'Italie vue alors est aussi différente de l'Italie vue avec Corinne, que celle-ci l'est devenue d'elle-même. Ce n'est plus qu'un pays glacé, triste, sombre, couvert de neige, de brouillards, ou inondé de pluies abondantes, et ne faisant ressentir que l'âpreté du froid et la tristesse d'un ciel obscur.

Enfin Oswald arrive à Florence, dans la ville où est Corinne. Qu'il est beau ce dernier livre! Quelles lettres que celles d'Oswald et de Corinne! Quelle admirable confiance d'Oswald, disant : « Tout ce qu'il faut expliquer me condamne ; mais devinez-moi, entendez-moi comme vous m'entendiez! » Et combien la réponse de Corinne est plus admirable encore! Quelle déchirante expression de la plus immense douleur unie à la plus sublime bonté, de la plus vive tendresse aux plus déplorables regrets! que de grandeur et quelle touchante simplicité!

Le détail des visites de Juliette à Corinne et de l'entrevue des deux sœurs est plein de tristesse et de charme.

Il y a beaucoup de douceur dans le dernier

chant de Corinne, mais ce qui porte au cœur le plus de trouble et d'émotion, c'est le récit de sa mort, et les douloureuses paroles qu'elle adresse au seul ami qui la soigne encore.

En finissant ce roman c'est une noble amie qu'on pleure, et l'âme reste long-temps affectée des profondes impressions qu'elle a reçues.

Passons aux défauts de cet ouvrage immortel. Nous les signalerons d'une main qui sera courageuse pour être impartiale. On rencontre dans Corinne des choses qui manquent de naturel; et la vérité, cet apanage de la force et du talent, se trouve quelquefois blessée. Il y a des situations qui ne sont point de l'imagination, et qui ne produisent qu'un effet désagréable. Cette scène de Corinne et de sa sœur au tombeau de leur père, quoique remplie de choses touchantes, est hors de toute vraisemblance.

Corinne, si simple et si bonne, prête quelquefois au ridicule. Sa mise est trop souvent décrite et trop *pittoresque*. Elle danse, et sa danse et sa pantomime, quelque décentes qu'elles soient, ne sont point dans la dignité d'une femme qui s'élève aux plus hautes méditations de la pensée. Ce qui tient en elle au caractère d'une Italienne, sa superstition, quelques expressions du midi, ont peu de naturel et ne semblent pas être en harmonie avec le reste. Quand on se peint soi-même dans ses écrits, il faut se peindre tel qu'on est; autrement ce qu'on ajoute à son caractère est faiblement tracé, et le lecteur distingue à la première vue ce qui a été senti de ce qui a été imaginé.

Enfin, dans les discours les meilleurs de Corinne, on rencontre quelquefois des mots qui semblent plutôt cherchés que commandés par le sentiment de l'âme; et lorsqu'elle parle sur la grandeur romaine, ou lorsqu'elle improvise, on rencontre encore des phrases, des passages qui sont un assemblage de mots sans base, et qui sont là, non point pour exprimer une pensée sentie, mais pour satisfaire à ce qu'on croirait un besoin de dire sur chaque sujet quelque chose de remarquable.

Mais ces passages sont si rares que nous n'en parlons que pour tout dire. Analyser les défauts d'un livre, c'est apprendre à mieux l'apprécier, c'est pour ainsi dire mettre de la netteté dans son admiration. Quand on ne s'est pas rendu compte d'un ouvrage, il arrive quelquefois que les choses qui ont déplu empêchent de se livrer à tout l'enchantement que méritent d'autres choses fort belles; on reste dans une défiance confuse de ses impressions : mais si vous éclairez votre esprit, faisant la juste part de louange et de blâme, vous admirerez franchement ce qui est admirable.

C'est la seule manière de se bien rendre raison du talent d'un auteur, et d'acquérir des leçons pour soi si l'on veut entrer dans cette route difficile.

C'est aussi là un honneur qu'on ne rend qu'aux écrits immortels. Il faut, dans les livres comme dans les hommes, un mérite reconnu pour en rechercher les défauts. La médiocrité ne s'analyse point; elle ne se prend et ne se peut supporter que dans son ensemble.

Disons donc, sans trembler, que l'histoire d'Oswald est trop au-dessous du reste de l'ouvrage. Disons que le caractère de lady Edgermond, tracé de main de maître dans l'histoire de Corinne, n'est plus soutenu avec la même vérité dans la suite du roman ; cette froide Anglaise devient tout-à-coup une femme passionnée et contenue ; il semble que madame de Staël soit entraînée par sa propre sensibilité à en donner un peu à lady Edgermond. Ce changement est d'autant plus condamnable qu'il n'était pas nécessaire.

Quant au plan général du roman, il est bien ordonné : l'action est simple, les événements ne sont point improbables ; tout a pu arriver ainsi qu'il est écrit.

Si l'on osait demander où est la morale de Corinne, nous dirions qu'elle est répandue dans tout l'ouvrage. Il n'a point, pour ainsi dire, un but moral; car les malheurs de Corinne ne prouvent pas qu'elle aurait dû rester en Écosse, où elle serait sûrement morte d'ennui; ils ne prouvent pas qu'elle devait vaincre sa passion, puisque l'auteur dit que c'était une chose impossible. Les malheurs dont cet ouvrage est l'histoire étaient dans l'ordre des choses; le caractère des deux amants en est la principale cause, et mille événements malheureux y ont contribué. On pourrait dire qu'ils doivent apprendre à ne pas s'attacher à un homme avant d'être sûre qu'il pourra vous payer de retour; mais quelle est l'affection qui a jamais été payée d'un égal retour? Comment savoir d'avance ce qu'on obtiendra, et comment commander la prévoyance à la passion qui se plaît dans les sacrifices? D'ailleurs lord Nelvil était malheureux, et Corinne, qui le consolait, n'eût été qu'une personne égoïste si le sentiment de sa tranquillité personnelle l'eût arrêtée dans ses bienfaits.

Cet ouvrage fait voir la distance que les facultés des hommes établissent entre eux; la puissance de la destinée, qui n'est que la puissance de ces facultés mêmes; enfin, lorsque c'est dans l'âme que la supériorité prend sa source, cet entraînement des passions qui fait agir en dépit de la raison, cette vaine sagacité d'un esprit étendu qui, tout en éclairant aussi bien que l'expérience, n'en peut avoir l'effet, parce-qu'elle trouve à combattre des passions trop neuves, trop vives, que le temps et la douleur ne peuvent mieux instruire, mais qu'ils sauront affaiblir et décourager.

Oui, sans doute, mille souffrances peuvent naître de cette hauteur qui tient à la puissance de l'âme.

Quand c'est l'esprit seul qui est extraordinaire, on peut toujours être satisfait. La carrière de la pensée est infinie et s'agrandit devant l'intelligence. Quelles que soient l'importance et la profondeur des aperçus, on n'arrivera jamais aux limites de la réflexion; et l'ordre d'idées permis à l'homme, quelque borné qu'il doive être, est encore trop immense pour qu'à lui seul il le parcoure.

Mais quand la puissance est dans l'âme, et que c'est le sentiment qui doit lui donner carrière, alors il ne dépend pas de soi de se satisfaire. Les choses et les rapports sont immuables et ne peuvent pas manquer au penseur, mais l'homme peut manquer à l'homme, et cet univers qui se présente avec toute sa grandeur et ses profondes combinaisons peut ne pas vous offrir une âme qui comprenne la vôtre et lui réponde.

Peut-être ce tableau de la supériorité aux prises avec le malheur serait-il une vive et forte consolation pour la supériorité affligée; peut-être serait-il d'une contemplation trop douloureuse pour qui aurait éprouvé ce qu'il peint.

Faire l'analyse de cet ouvrage est un travail immense. On est arrêté des heures à chaque page; l'étonnement, l'admiration vous saisissent tour à tour : tout est d'une si grande portée!

Il faut du temps pour méditer ce qui est le fruit du temps. Ce n'est point la seule inspiration du moment, ce n'est point la réflexion qui naît de la circonstance; ce sont des pensées fortes et profondes, que les combinaisons de la vie, que l'étude méditée des hommes et des choses, que l'expérience du cœur le plus noble et le plus passionné, ont pu seules faire naître dans un esprit supérieur. Et quelle énergie, quelle élégance, quel bonheur d'expressions! Elle crée des expressions justes quand il en manque à ses idées.

Ce roman est si rempli qu'on peut le lire durant bien des années en y trouvant toujours des beautés nouvelles, et quand on le connaît une fois, on peut le lire toute la vie. Ce n'est plus un roman qu'on cherche, ce sont des vérités éternelles, des découvertes d'un grand ordre, des consolations pour l'âme, de la sympathie pour la douleur, un réveil de la force et de l'espérance. Vous vous élevez au-dessus de la vie commune; vous contemplez d'en haut les passions et les faiblesses humaines; vous ne gardez de l'humanité que ce que l'expression des sentiments les plus admirables et les plus tendres vous en ont fait chérir; en devenant plus grand vous devenez plus généreux, et vous éprouvez bientôt ce pur calme, et cette satisfaction mêlée de douceur et de tristesse qu'apportent à l'âme les pensées d'une certaine hauteur.

Oui, dans cet immortel ouvrage, vous sentez à la fois la profondeur de l'âme et celle de la pensée ; ce sont toutes les supériorités qui s'aident les unes des autres. La plupart des personnes ordinaires ne seront pas à la hauteur de sensibilité qui caractérise ce roman ; jamais l'amour ne fut peint avec autant d'âme et de délicatesse.

Madame de Staël a dit dans son *Essai sur les fictions :* « Il y a un ouvrage au monde, c'est » la Nouvelle Héloïse, dont le principal mé- » rite est l'éloquence de la passion ; et quoique » l'objet en soit souvent moral, ce qui en reste

» surtout c'est la toute-puissance du cœur. On » ne peut classer une telle sorte de roman : » il y a dans un siècle une âme, un génie qui » sait y atteindre ; ce ne peut être un genre, » ce ne peut être un but ; mais voudrait-on » interdire ces miracles de la parole, ces im- » pressions profondes qui satisfont à tous les » mouvements des caractères passionnés ! »

Si nous voulons comparer Delphine à Corinne, nous dirons que l'un de ces ouvrages, d'une grandeur plus simple dans son ensemble, est fait pour tous les lieux et tous les pays : ce sont des idées que le sentiment développe. L'autre, plus vrai dans ses détails, instruit de la vie réelle : ce sont les idées telles que la société les dirige. Celui-ci est utile comme un guide pour les personnes qui entrent dans le monde avec une âme exaltée et de l'indépendance d'esprit : celui-là vous soutient dans la solitude. On peut se fatiguer de la peinture des caractères, des détails de la société; mais les pensées et les considérations générales ne peuvent jamais lasser.

Quoiqu'on trouve dans Delphine une grande expérience du monde et les connaissances que le temps seul peut donner, il y a dans les sentiments bien plus de jeunesse que dans Corinne. Delphine a vingt-un ans; la teinte de cet âge est dans tout l'ouvrage. Il semble que, d'une composition à l'autre, le cœur de madame de Staël ait vieilli, mais vieilli comme il peut vieillir ; la passion est aussi profonde, mais elle renferme moins de confiance et de joie. L'âme de Delphine est nouvelle à toutes les impressions. Corinne n'ignorait que les profondeurs du sentiment; six années d'une vie indépendante avaient éclairé son esprit et calmé dans son cœur tout ce qui était irréfléchi.

LETTRE VI.

SUR L'OUVRAGE DE L'ALLEMAGNE.

Voici peut-être l'ouvrage de madame de Staël le plus vivement et le plus généralement estimé. C'est encore un ouvrage utile, et qui a puissamment contribué, avec les circonstances, à cette impulsion des littérateurs français vers des littératures étrangères. Il y a un grand avantage à étudier de nouvelles combinaisons d'idées. Quelles que soient les couleurs franches et déterminées qu'ait toujours la supériorité, c'est une condition de la nature humaine, que sa facilité à prendre quelque teinte de son pays et de ses contemporains. Il est intéressant de voir en tout lieu quelle couleur lui fut imprimée, et peut-être, par un examen qui transporte si bien hors de soi-même et de ses alentours, une supériorité nouvelle pourra-t-elle ressortir originale de ses méditations. Nous verrons, en parlant du caractère de madame de Staël, si cette universalité littéraire qui signala ses premiers écrits n'a pas contribué beaucoup à l'étendue et à l'impartialité de ses vues.

Exilée d'une patrie qui avait tant de raisons pour être fière de l'avoir vue naître, et pour l'honorer, madame de Staël, quittant la France, sortit de la sphère où elle avait vécu jusqu'alors, et se trouva transportée dans un monde nouveau. Son intelligence prit une autre route et s'ouvrit à de nouvelles considérations. Ce fut déjà un trait de lumière que le projet d'un tel ouvrage ; c'était mettre à profit le malheur, et utiliser tous les moyens de travail qui s'offraient naturellement ; mais que de recherches et de réflexions un tel ouvrage n'a-t-il pas demandées! Que d'écrits à lire, à comparer, avant de l'entreprendre! S'il est difficile de se rendre compte du caractère et de l'esprit d'un peuple, combien il est plus difficile de les faire connaître aux autres! Quelle netteté et quelle sûreté ne faut-il pas apporter dans ses connaissances! Madame Dacier disait qu'elle n'avait bien compris Homère que quand elle avait voulu l'expliquer pour le public; madame de Staël a dû se rendre maîtresse de son sujet avant d'essayer de le traiter , et c'était un travail immense.

L'ouvrage est divisé en quatre parties : la première traite de l'Allemagne et des mœurs des Allemands; la deuxième, de la littérature et des arts; la troisième, de la philosophie et de la morale; la quatrième, de la religion et de l'enthousiasme. Ce sont toujours des vues générales et complètes. Le style est continuellement pur, simple, vrai, élevé, et plein de chaleur comme de pensées.

Si madame de Staël a beaucoup reproché aux Français, dans son ouvrage, de ne pas s'occuper de la littérature allemande et de ne pas lui rendre justice , du moins est-on sûr de l'indulgence qu'elle leur garde au fond du cœur pour cette faute, puisque, adressant aussi certains reproches aux Allemands, elle commence cet ouvrage par les blâmer à leur tour *d'avoir trop de considération pour les étrangers*, ajoutant que *le patriotisme des nations doit être égoïste.*

Mais comment le patriotisme aurait-il pu naître chez les Allemands, privés de toute institution qui les intéresse à la chose publique, et divisés en une quantité de petits états qui ne laissent pas la possibilité de savoir où est la nation? Séparés par leurs classes, par leurs préjugés, ce qui leur manque pour former leur caractère est ce qui leur manque pour leur littérature, leur philosophie, leur morale; c'est la connaissance de la société publique, des hommes en contact, des rapports qui naissent de leur association, de ce qu'on appelle enfin les réalités humaines.

On n'accusera pas l'auteur de partialité dans sa manière de les juger comme hommes. Admiratrice de leurs vertus, de leur probité inaltérable, mais piquante en parlant de leur lenteur, de leur lourdeur, elle s'élève bien haut quand elle leur adresse de plus sévères reproches.

Elle peint avec de dignes couleurs cette absence de fierté, d'énergie, de tout ce qui fait la dignité de l'homme ; et en signalant l'affectation qu'ils apportent dans le sentiment, si vrai et si pudique de sa nature, elle vous donne pour eux ce dégoût qu'inspire tout ce qui n'est en ce genre ni élevé ni sincère. Quelles nuances habilement saisies et supérieurement développées sur le caractère et l'esprit des Allemands et des Français comparés ! Que de pensées, que de finesse et de profondeur, que de génie ! On peut admirer, dans la troisième partie, ce qu'elle dit plus particulièrement du caractère allemand.

Un examen de l'état des différents peuples de l'Allemagne, dont les plus éclairés sont ceux du nord, présente un intérêt soutenu ; on sent à tout moment que l'auteur est à la fois penseur et voyageur, qu'il a vu lui-même avant de parler. On parcourt avec lui ces villes savantes qui se croient chacune une grande importance, malgré l'absence générale de vie et d'activité et l'on se plaît à estimer ces universités où l'éducation est bonne, où les principes sont généreux, comme si les lumières vous inspiraient toujours les mêmes vertus ; vertus que les institutions ne soutiennent pas, et que les étudiants, citoyens et guerriers en théorie, perdent en entrant dans la vie de leur pays.

C'est quelque chose de satisfaisant que ces considérations sur un pays, exposées par une personne parfaitement éclairée et qui se fait bien comprendre. On éprouve à tout moment le plaisir de donner un assentiment complet à ce qu'on lit.

Ici, plus constamment que dans tout autre ouvrage, elle est dans le chemin de la vérité, avec une manière simple et sage autant que belle! Cette première partie est digne des plus grands éloges, et c'est peut-être la plus remarquable et la plus parfaite dans son ensemble.

Passant de ce premier livre au second, qui traite de la littérature et des arts, l'auteur remarque que la division de l'Allemagne en petits états, nuisible à la force politique, est favorable au développement des intelligences, parcequ'elle fait régner un esprit d'émulation et d'indépendance.

Madame de Staël ne dissimule pas que les Allemands sont entraînés par leur indépendance d'esprit à l'exagération. N'ayant pas, comme en France, un public qui les juge d'après des règles reçues, ils outrent jusqu'à leur indépendance même, et semblent se plaire dans les ténèbres. D'un autre côté, les Allemands n'ayant point comme les Anglais à donner une application à leurs idées, ne recherchant la vérité que pour elle et sans but déterminé, penseurs et non point citoyens, vont très loin dans leurs recherches, et se hasardent dans des routes nouvelles, où ils s'égarent très souvent. Ce court chapitre, qui est une comparaison entre les Anglais et les Allemands, nous a paru plein d'observations belles et justes. Les opinions de l'auteur sur l'Angleterre sont les mêmes que dans son ouvrage sur la littérature ; elle présente de nouvelles idées dans le même esprit. C'est un mérite que cette conformité des opinions d'un temps à celles d'un autre ; elle prouve la justesse d'un esprit qui, n'ayant point à revenir sur ses aperçus, peut toujours marcher en avant.

Examinant les différentes époques de la littérature allemande, madame de Staël nous fait suivre les différentes écoles qu'ont eues les Allemands, école française, école anglaise, enfin école allemande, celle d'aujourd'hui, qui n'est que l'absence de toute école. Sans doute cette manière de se former une école est la bonne, et toute littérature qui est son propre ouvrage, comme tout homme qui s'est formé lui-même, est ce qu'il y a de plus énergique.

Madame de Staël a exprimé un sentiment que personne ne démentira, quand elle a dit que nos premiers poëtes lyriques en France étaient peut-être nos grands prosateurs, Bossuet, Pascal, Fénélon, Buffon, Jean-Jacques ; à tous ces grands noms il faut joindre le sien ; et aucun de ces hommes ne se montra plus poëte qu'elle ne l'est elle-même dans son chapitre de la poésie ; elle en a l'émotion, la grandeur et la force.

Divisant, comme dans un autre de ses ouvrages, la littérature en littérature du Midi et littérature du Nord, l'une imitée des anciens, l'autre née du moyen âge, elle appelle la poésie du Midi classique, et celle du Nord romantique. Il faut avouer avec elle, quelque classique que soit la poésie française, que tout l'avantage doit être à celle qui, au lieu d'imiter ce qui nous reste des anciens, se conforme à ce qui est de son temps et se met en rapport avec nous. Après une revue pleine d'intérêt des poëmes et de la poésie des Allemands, madame de Staël, passant à l'art dramatique, établit entre les tragédies allemandes et françaises la différence qu'elle a montrée entre les poésies classique et romantique : et, tout en soutenant que *rien ne peut être comparé à l'ensemble imposant et bien combiné de nos chefs-d'œuvre*, elle observe que l'unité d'action est réellement la seule importante ; que les deux autres, de temps et de lieu, doivent être absolument subordonnées à celle-là, et enfin que le moment est arrivé en France de se frayer des routes nouvelles. Elle fait comprendre d'ailleurs comment il serait impossible de tracer des règles absolues à un art qui doit s'approprier aux mœurs des nations qui le traitent. *Les Français*, dit-elle, *considèrent l'unité de temps et de lieu comme une condition indispensable de l'illusion théâtrale ; les étrangers font consister cette illusion dans la peinture des caractères, dans la vérité du langage, et dans l'exacte observation des mœurs du siècle et du pays qu'on veut peindre.* Le chapitre sur l'art dramatique est intéressant et plein d'idées remarquables et mesurées. L'admiration pour les beautés du théâtre allemand n'y est point exclusive ; c'est la bonne foi, la justice, l'impartialité la plus grande ; et c'est si bien la vérité, que le public français s'avance chaque jour vers des idées semblables.

Remarquons ici que cet ouvrage n'est pas seulement un ouvrage sur l'Allemagne ; c'est la littérature, la philosophie comparée. Chaque branche des connaissances littéraires est traitée d'une manière générale, en même temps qu'elle est présentée comme on la conçoit en Allemagne.

Nous admirerons l'examen que madame de Staël a fait des différents chefs-d'œuvre allemands. Heureux l'auteur qui a un tel interprète! Mérite d'analyse, mérite de sentiment, tout est en elle ; et l'on sent à tout moment combien une âme belle et généreuse a de puissance pour comprendre le génie et le faire comprendre aux autres. Peut-être reprochera-t-on à cet examen une disposition trop marquée à la bienveillance ; les critiques légères demanderaient peut-être plus de développement et d'importance ; on voit plutôt le désir de faire goûter aux Français les beautés de la littérature allemande, que la volonté de garder envers cette littérature une justice complète.

Rien cependant n'est admiré sans restriction; leur refusant le mérite des conceptions de la comédie, mérite qui appartient à la France, madame de Staël remarque que leurs historiens manquent d'esprit national, comme leurs auteurs comiques de connaissance de la société.

Eh! comment ces historiens auraient-ils pu acquérir un esprit national? L'étude qu'on peut faire du peuple allemand est toute libérale par ses résultats, comme l'est sans doute celle de tout peuple chez qui la liberté n'est rien venu développer. On doit de la reconnaissance à madame de Staël pour avoir si bien mis en évidence, non pas seulement combien la gloire s'oublie sans la liberté, mais encore combien sans elle tout perfectionnement est difficile.

Les reproches qu'on fait à un individu peuvent s'adresser à sa nature seule; les reproches qu'on fait à une nation ont leurs motifs dans les institutions par lesquelles ce peuple est régi.

Il n'est point de branche de la littérature allemande qui ait été portée plus loin que la critique ; il devait en être ainsi chez des écrivains qui sont surtout forts dans la théorie.

Dans les arts c'est aussi surtout la théorie qu'ils savent. Ici madame de Staël a placé les critiques les plus sages, et qui, d'abord adressées aux Allemands, deviennent générales et peuvent servir de règles à toutes les littératures : respecter le goût, qui n'est que la vérité ; se garder de l'affectation en tout genre ; rechercher l'ordre, qui peut seul rendre les écrits profitables au lecteur ; enfin, ne pas pousser, comme les Allemands, l'analyse jusqu'au point où les idées sont si fines que le but de s'instruire est dépassé.

Madame de Staël, voulant faire connaître la philosophie de l'Allemagne, a présenté des considérations sur la philosophie en général, comme elle l'avait fait pour la littérature. Bien plus, elle a donné l'histoire rapide, mais belle, de la philosophie en France et de la philosophie en Angleterre.

Un système né en Angleterre, répandu en Europe, accueilli, adopté, exagéré en France, attribua tout aux sensations; et, rejetant les idées innées, rejeta jusqu'aux notions naturelles du bien et du mal, du juste et de l'injuste. L'Allemagne repoussant ce système, Leibnitz prononça ces mots sublimes : « Il n'y a rien dans l'intelligence qui ne vienne par les sens, si ce n'est l'intelligence elle-même. » L'Allemagne, convenant qu'il n'y avait point d'idées innées, combattit donc sur tout le reste le nouveau système ; elle en créa d'autres, elle en appela au sentiment, et soutint qu'il précède l'expérience, et que lui seul peut révéler certaines vérités.

C'est à l'examen des différents systèmes de l'Allemagne qu'est consacré le livre de la philosophie. Madame de Staël en adopte de toute son âme les premiers principes; elle se trouve ici d'accord avec elle-même, en cherchant dans le sentiment un aide pour la raison.

Eclairé par l'observation naturelle, chacun a pu faire soi-même au système de Locke la modification que les Allemands y ont mise. Il semble donc, au premier abord, qu'on doive adopter leurs idées; mais ces idées ont donné naissance à tant de systèmes différents, qu'il est plus facile de s'en former un soi-même que de choisir entre les leurs. Nous n'entrerons dans aucun détail; il nous suffira de remarquer, en contemplant tous ces systèmes plus ou moins différents, que ce qui fait la faiblesse de la métaphysique, c'est que chaque penseur qui s'en occupe étant obligé de la traiter d'après sa propre nature, ses propres impressions, elle est, pour ainsi dire, une science relative à chaque individu qui l'explique. Du moins ces recherches, qui s'offrent d'abord à l'esprit étonné de lui-même, sont-elles utiles à l'intelligence comme exercice.

L'auteur passe ensuite à l'examen des différentes influences qu'a eues cette philosophie. Elle n'en voit point de plus favorable au développement de la pensée, par la puissance d'analyse qu'elle exige, et reproche seulement aux philosophes allemands de ne pas savoir se faire comprendre et de mépriser trop facilement ceux qui ne les entendent pas et ne pensent pas comme eux. Le commerce des hommes ne leur apprenant pas quels sont les rapports de leur esprit avec celui des autres, ils manquent de clarté et de méthode.

Si le plus admirable des chapitres consacrés à cet examen est celui qui traite de l'influence de cette philosophie sur le caractère des Allemands, le plus frappant sans doute est celui qui traite de son influence sur les sciences.

Les Allemands ont rattaché à un système l'étude des sciences comme celle des facultés de l'homme ; au lieu de remonter, comme les Français, de l'expérience à la théorie, ils descendent de la théorie à l'expérience ; ils tendent à réunir la philosophie expérimentale et la philosophie spéculative ; et de même qu'en métaphysique ils rapportent tout à l'âme, de même en physique ils croient que l'univers est fait sur le modèle de l'âme humaine, et que la même idée se réfléchit du tout dans chaque partie, et de chaque partie dans le tout. Frappés des analogies qui existent entre les divers éléments de la nature physique, ils y voient déjà les preuves de la vérité de leur système, et, devançant une plus grande expérience, ils se fient à leur imagination et à leur sentiment pour deviner la vérité avant de l'avoir trouvée.

Cette philosophie comprenant l'universalité des connaissances, et nécessitant l'universalité des facultés, exigeant toujours qu'on voie l'ensemble en décrivant les détails, intéresse tous les esprits et tous les talents. Le poëte, l'artiste, comme le savant, peuvent espérer de trouver dans la sphère de leurs connaissances quelque vérité générale et relative au grand tout.

Madame de Staël ne peut qu'applaudir à cette confiance dans les facultés de l'homme, à cette hardiesse de la pensée.

Certes, un système qui tend à l'unité du monde est sans doute une grande pensée, mais peut-être madame de Staël aurait-elle dû faire sentir le danger de le rendre général.

L'intelligence qui conçoit une idée peut la diriger, mais donner une grande idée à tous les philosophes d'un pays, ce n'est pas élever leur intelligence à la hauteur de cette idée; et comme en métaphysique l'impulsion des Allemands vers des idées sans bornes ne donne souvent lieu qu'à des résultats communs, il est à craindre aussi que la philosophie spéculative n'égare la médiocrité.

Oui, ces systèmes peuvent conduire à de grandes découvertes; oui, l'imagination toute-puissante peut aider la raison. Mais les routes immenses ne doivent s'ouvrir que pour le génie; y diriger la foule, c'est donner naissance à mille pensées fausses, dangereuses ou ridicules. Il est certains moyens d'avancer qui doivent être réservés à la supériorité; il faut des idées en rapport avec la force naturelle, et ce qui est le plus simple et le plus ordinaire est ce qui convient le mieux à la multitude.

En exposant avec clarté cette philosophie,

madame de Staël a bien mérité de la république des lettres. C'était un travail à la fois utile et difficile. Il faut beaucoup de talent pour faire un extrait en métaphysique ; chaque auteur créant de nouveaux termes et de nouvelles divisions n'est intéressant que par ses développements, et qui abrège ne donne pour ainsi dire que des mots. Madame de Staël s'est habilement tirée de cet inconvénient, et si l'on veut relire deux ou trois fois ses chapitres sur la philosophie allemande, on admirera cette exposition dans ses détails comme dans son ensemble et sa distribution.

On pourrait lui reprocher un peu de partialité pour les idées plus ou moins hardies ou hasardées des Allemands ; le point où elle se place, par rapport à leurs opinions, n'est peut-être pas assez marqué ; enfin on ne retrouve plus cette indépendance rigoureuse qui, l'affranchissant des préjugés littéraires de la France, devait aussi la préserver des égarements de l'Allemagne.

Nous nous abstiendrons d'examiner ses opinions sur la morale; nous n'examinerons pas non plus le dernier livre, celui de la religion, livre plein de sentiment et d'idées, et admirable sous ce rapport. Ce livre, ainsi que les chapitres sur la morale qui le précèdent, donnent beaucoup à penser. Toutefois nous nous garderons de placer ici beaucoup de réflexions. Pour entrer en discussion avec elle sur certains points, il faut être plus sûr de sa raison, il faut que le temps ait appris si l'on persistera dans ses idées; et les premières années de la jeunesse qui ont vu s'établir et se renverser tant d'opinions, donnent une grande défiance de sa propre force et de son infaillibilité.

Ce qu'on souhaite le plus à l'Allemagne, en finissant cet ouvrage, ce sont des institutions libérales qui dirigent sur la patrie et les concitoyens tout cet essor de sentiments, sur des objets de grandeur ou d'utilité publique tout cet essor de pensées; et qui donnent à la nation ce caractère brave, fier et fort; aux littérateurs cette vérité et cette justesse qu'amène toujours le développement bien dirigé des facultés de l'homme. Les peuples du Nord sont rêveurs à cause de leur sombre climat ; mais tout climat devient beau avec la liberté, toute existence s'anime et s'agrandit par elle. Il est juste, il est doux de compter sur une autre vie ; mais le jour est arrivé où la morale publique doit rendre le bonheur possible aussi sur terre. Les peuples ne sont plus au temps où il ne leur fallait que des idées qui les aidassent à supporter leurs misères : il est beau d'être un peuple religieux ; il est plus beau d'être ensemble un peuple religieux et citoyen, d'être tout ce que le ciel lui-même a voulu qu'on fût, tout ce que les qualités qu'il donna enseignent à être. Plus s'élever, plus étendre son intelligence, mieux compléter pour ainsi dire sa nature morale, mieux c'est se mettre en état d'éprouver des adorations qu'on proportionne à la grandeur des bienfaits.

LETTRE VII.

SUR MADAME DE STAEL.

On a publié depuis la mort de madame de Staël des ouvrages empreints de son talent, que la mort l'a empêchée d'achever ou de revoir, et dont nous nous abstiendrons de parler ici. Ils ne serviront qu'à nous faire mieux connaître à la fois elle et son talent.

Au moment de parler d'elle, nous éprouvons cette émotion et cet ébranlement qu'on éprouve en abordant ce qui est sacré. Certes, aucun être n'est tellement supérieur à un autre, qu'il s'en distingue par toute sa nature ; mais le génie a des élans que nul ne peut suivre ; un instant de cette pure élévation mérite le pardon pour mille erreurs, et, lorsqu'il faut le juger, on craint de n'avoir pas un assez complet sentiment de sa hauteur. En apprenant mille choses qui se sont insensiblement révélées au cœur ou à l'intelligence, on a compris combien d'autres mystères peuvent encore être en dehors ou au-dessus de sa connaissance; en sortant d'une entière ignorance, on a senti comment on avait pu y vivre jusqu'alors; on redoute enfin sa propre médiocrité, et l'empêchement qu'elle doit mettre à certains aperçus.

Enfin, quand on a reçu d'elle tant de bien, tant d'émotions généreuses, tant de nobles pensées, quand on lui a dû l'activité de son cœur, lorsque avec elle on s'est trouvée supérieure à soi-même, on craint de ne pas avoir assez présent à la mémoire des bienfaits qui font partie de son talent, de la juger comme une indifférente, quand la reconnaissance vous attache déjà à elle, et de ne pas parler de celle qui vous a fait verser tant de pleurs d'une manière qui lui convînt si elle vivait. Je me suis efforcée d'être sage en exprimant mon admiration; j'ai contenu des paroles trop vives; mais quelquefois cet enthousiasme contenu se ranime dans toute sa puissance, et me reproche une modération si pénible.

C'est ici le moment de contempler l'ensemble de sa nature morale. Il faut, comme dans la vie de tout homme, voir d'abord quelles furent ses intentions, ensuite quels furent ses moyens, et enfin ce qu'elle a accompli et laissé après elle.

Il semble que, parcequ'on est contemporain d'un individu, on ne puisse en parler si on ne l'a connu ; mais comment la postérité, dernier appréciateur des hommes, pourrait-elle donc juger ? N'étant sous l'influence d'aucune liaison passée avec madame de Staël, sous l'influence d'aucun de ses amis, ne connaissant d'elle que son talent et sa renommée, je parlerai comme pourrait parler la jeunesse d'un siècle à venir qui l'aurait lue attentivement plusieurs fois.

Madame de Staël est peut-être un des auteurs qu'on peut le mieux juger sur ses ouvrages. De tels accents partent de l'âme, et l'auteur se montre tout entier ; elle a même mis dans ses écrits jusqu'à ses inimitiés, jusqu'à cette haine implacable que la vue des plus grandes infortunes n'a point calmée. Certes, la blessure était profonde; et cette femme qui éprouvait tout si vivement n'a pas pu se délivrer de sa manière de sentir pour apprécier ses propres maux. On voit dans ses écrits combien la satire mordante, l'ironie lui est facile ; il semble que sa bonté seule ait amorti en elle les traits de ce talent puissant. On dit que sa conversation était plus étonnante encore que ses ouvrages. Je me permettrai d'en douter pour mille raisons, et je ne verrai là que l'excès de regrets qu'inspire la perte de ce qui ne peut plus se recommencer.

Nous ne suivrons pas madame de Staël dans les différents événements de sa vie, car telle n'est pas notre intention dans cet ouvrage ; nous ne voulons que présenter les considérations générales qu'elle nous fournit naturellement. Elle a reçu les hommages de l'Europe entière, par la voix des hommes les plus distingués dont s'honorent les nations ; et son exil, si douloureux en lui-même, agrandit encore sa gloire et sa réputation, en la forçant à aller visiter les nations étrangères ; sa présence lui obtint ainsi ce que le temps seul eût acquis de célébrité à son nom.

Quelle destinée que celle de madame de Staël ! quelle destinée grande, remplie, et belle dans son ensemble ! Pourquoi la douleur est-elle venue la troubler si souvent ? Ce fut comme un bienfait du ciel d'avoir fait naître madame de Staël de M. Necker, de lui avoir donné pour père et pour première adoration un homme public vertueux, et de l'avoir ainsi placée dans une position en rapport avec ses facultés. Quelle aurore pour une personne d'une âme si généreuse et d'une imagination si forte, qu'une aurore qui commençait avec celle de la révolution ! Comment ne se serait-elle pas enivrée de ce qu'elle voyait, et de ses propres facultés si heureusement exercées ? Les malheurs publics qui suivirent vinrent changer en douleur extrême toute cette félicité ; mais l'impulsion était donnée à sa vie, et madame de Staël devait tout éprouver et tout peindre. Quel étonnement plein de bonheur ce dut être pour elle de se trouver dès sa jeunesse à la hauteur des premiers penseurs politiques du temps, de voir ses essais politiques cités dans le parlement d'Angleterre par M. Fox! Que de succès, que de trouble, que d'espérances! Entourée de tout ce que la France renfermait d'hommes remarquables, capable d'amitiés zélées et fidèles, douée d'un caractère propre à la faire chérir, de qualités ravissantes, adorables, qui plaisaient indépendamment de son génie ; vivement et profondément bonne et indulgente, comme on l'est avec une grande sensibilité et une haute intelligence ; possédant enfin un cœur passionné, elle avait tout ce qui fait les incommensurables joies et les incommensurables douleurs.

Femme, elle a eu l'esprit d'un homme ; et cette énergie de pensée réunie à l'impossibilité d'agir est un supplice, quand une raison forte, qui n'est pas du domaine de la jeunesse, ne règle pas les mouvements de l'âme. Elle a beaucoup souffert d'être une femme; mais elle a dû peut-être à son organisation même cette excessive sensibilité et cette délicatesse qui, unies à tant de vigueur d'idées, en font un être unique.

Hélas! les besoins de la supériorité sont autant de dangers; les qualités mêmes sont périlleuses; tout moyen de jouissance est un moyen de peine.

L'inexpérience, les circonstances, concourent à développer d'une manière souvent funeste toutes les puissances de l'âme.

Trop de femmes ont été blâmées pour des torts dont elles n'étaient pas seules comptables.

Si l'on trouvait toujours l'être qui peut attacher pour la vie; si la nature ne commandait pas ce choix bien avant que l'âme et la raison ne soient en état de le faire, sans doute il y aurait moins d'excuse pour la supériorité; mais ce qui fait le malheur des femmes supérieures, c'est ce peu de proportions entre les devoirs qu'on leur a assignés dès leur première jeunesse, et ce besoin progressif des grandes facultés qui se déploient. Elles seules ne trouvent pas leurs pareils, elles seules les cherchent, elles seules souffrent cruellement de l'absence, et, tourmentées par leur élévation même, ne peuvent pas remplacer qui les abandonne. Un degré de supériorité de moins aurait rendu le calme par lequel l'ordre se maintient sans effort, comme un degré de supériorité de plus aurait tout fait marcher sur la même ligne. Mais ce dernier degré, ce degré qui complète la perfection morale, qui comporte la force et l'égalité dans les vertus, combien doit-il être difficile à atteindre, et quel être à l'aurore de sa vie peut, s'il n'est pas complètement ignorant des passions, répondre hardiment de lui-même? Savons-nous si quelques facultés importunes ne nous troubleront pas? Savons-nous ce que peuvent inspirer les besoins ou la gêne de l'âme et de la pensée? Plaignons profondément les femmes supérieures qui s'égarent, car les femmes supérieures seules comprennent avec l'âme et l'esprit les vérités morales, et connaissent dans toute leur étendue les fautes et les malheurs où leurs facultés les entraînent.

Elles sont aussi faites pour sentir tout le charme et tout le bonheur de la vertu. Ah! dans un ordre de choses qui leur serait propre, quoi de plus doux et de plus grand pour elles que de se sacrifier pour le bien de tous! Avec quel zèle et quelle ardeur ne fortifieraient-elles pas une vertu qu'elles verraient comprise et appréciée! Entourées d'êtres dignes d'elles, de quelle pure et austère félicité ne seraient-elles pas capables!

Telles autrefois des sociétés qui avaient mesuré leurs lois sur les grandes facultés, offrirent l'exemple des plus sublimes vertus, et montrèrent dans leurs habitudes ce qui ne se trouve chez nous que dans un héroïsme hors de tous nos usages.

Et si l'on rencontrait ce que l'âme et l'esprit désirent, quoi de plus heureux que d'être doué comme elle! sentir profondément, et analyser avec talent ses impressions; tirer, pour ainsi dire, son génie de ses propres émotions ; jouir doublement, d'abord par sa sensibilité, et ensuite par le sentiment qu'on en a!

Les résultats de la conduite de madame de Staël furent de lui faire sentir l'utilité comme la beauté de la morale. Quand ses passions l'auraient entraînée quelquefois hors de la route, ceci ne prouverait rien contre la sûreté de sa conviction et la vérité de ses discours. Loin de là, elle serait un audacieux et malheureux éclaireur qui aurait été braver le danger, et qui, victime de son entraînement et de sa témérité, saurait mieux dire ce que coûte l'audace, et nous apprendre à rester unis pour rester inébranlables.

Les êtres sensibles en qui la passion précède le raisonnement auront en elle un exemple frappant. S'il est vrai qu'ils ne peuvent plus triompher des passions qui se sont emparées de leur âme, du moins, avant que la passion ait fait sentir ses atteintes, chacun est-il libre de choisir la route qu'il veut. C'est alors qu'un salutaire effroi de la douleur, tel que madame de Staël peut le donner, que la crainte d'abuser de tous les dons du ciel, doivent faire réfléchir sur soi. Elle vous apprend la direction que vous devez choisir. Elle a, pour ainsi dire, enseigné la vie. Sans être plus fort qu'un autre, mais sachant les maux qui menacent l'imprudence, on se met dans une route sage, quitte à s'y livrer trop vivement aux passions mêmes que la nature et la société approuvent.

Ceux qui doivent avoir une sensibilité semblable à la sienne ne sauraient trop méditer ses leçons. Que les écrivains froids parlent de diriger sagement ses passions, on n'en croira ni leur accent ni leur science; mais elle, disant avec ses expressions passionnées ce que c'est que la douleur, nous révélant qu'avec tout son génie, tous ses moyens de bonheur, elle a plus souffert que joui, elle effraie et convainc à la fois.

Que si on y ajoute des considérations plus hautes, et la morale publique qu'elle présente ressortant de la morale particulière, alors elle convainc à la fois comme moraliste et comme politique, c'est-à-dire comme penseur profond: car c'est lui seul qui peut tout distinguer et tout confondre.

Madame de Staël a senti profondément l'amour de la liberté et des institutions qui ennoblissent l'espèce humaine, amour qui doit, comme tout sentiment, se proportionner aux facultés qu'on a pour le sentir, et qui sera d'autant plus prononcé qu'on aura plus de grandeur d'âme, de portée d'esprit et de bonne foi. Elle a aimé la liberté, et on lui doit de dire qu'elle l'eût toujours aimée dans toutes les circonstances. Quelques justes faveurs de l'empereur Napoléon auraient peut-être changé ses sentiments pour lui, mais elles n'auraient pu changer la trempe de son âme et de son caractère; et quand un auteur professe dans son dernier ouvrage les principes qu'il a professés dans le premier, on lui doit d'attribuer à la conviction de sa raison la conduite de sa vie.

C'était la vérité que madame de Staël cherchait, ce sont des vérités qu'elle a soutenues; et quand on les a senties et comprises dans leur pleine force et leur pleine étendue, il n'est plus guère de puissance capable de vous les faire abandonner. On ne saurait se mentir à soi-même, on n'est plus libre de s'aveugler; et cette dépendance où l'on se trouve des choses donne aussi une certaine indépendance des hommes, qui sort de quelques faiblesses humaines. Elle a rendu, pour ainsi dire, les idées libérales familières; elle les a présentées sous toutes les formes et dans tous ses écrits; elle en a fait la base de ses principes et de ses croyances.

On a beaucoup dit qu'elle n'était pas Française; mais ce reproche, qui s'appuie sur quelques motifs, n'est cependant pas juste. Peut-être a-t-elle eu et montré quelquefois trop d'humeur contre un peuple dont elle ne partageait point l'enthousiasme et dont elle n'approuvait pas la conduite; peut-être, lui opposant l'Angleterre, a-t-elle vanté cette nation au-delà même de la juste admiration qu'elle mérite : mais souhaiter à la France des institutions libérales dans le but de son bonheur, employer toute la puissance de son travail et de sa raison à lui en faire comprendre l'importance et à lui prouver qu'elle est digne de les posséder, certes c'est se montrer Française, c'est bien mériter de la patrie, c'est la servir. Que n'avons-nous en plus grand nombre des citoyens qui aient sa bonne foi! Nous ne nous arrêterons pas plus long-temps à un reproche trop peu fondé.

L'indépendance d'esprit qui fait juger les sentiments que le cœur dicte conduisit madame de Staël à examiner les littératures étrangères, comme elle l'avait portée à raisonner ses principes; et cet examen fortifia son indépendance d'esprit, réaction naturelle de tout mobile juste et vrai. Cette impartialité qui lui faisait partout chercher et admirer le génie se montre dans tous ses ouvrages; car nous ne saurions trop répéter qu'elle est partout la même : il semble que l'expérience n'a fait que confirmer et étendre les idées de sa jeunesse.

Dès sa jeunesse elle a soutenu ce qu'elle a redit partout, que le génie de l'homme doit s'aider à la fois de la raison, de l'imagination et du sentiment, sans rejeter jamais aucun de ces moyens de connaissance. Si elle a tant vanté la puissance de ces trois facultés réunies, je crois que c'est qu'elle les possédait toutes également. Les hommes vantent en général les moyens qu'ils se sentent, car ils éprouvent surtout l'utilité ou le charme de ceux-là. Elle est peut-être entre nos grands écrivains celui qui a réuni ensemble le plus de grandes facultés dans une juste proportion, et on peut lui appliquer ce qu'elle disait de la philosophie française, en la comparant à la philosophie anglaise : « La philosophie française tient davantage au sentiment et à l'imagination, sans avoir pour cela moins de profondeur, car ces deux facultés de l'homme, lorsqu'elles sont dirigées par la raison, éclairent sa marche, et l'aident à pénétrer plus avant dans la connaissance du cœur humain. » Aussi nous dirions, si nous l'osions, qu'elle nous semble un des auteurs qui ont le mieux compris la nature humaine, qui sont le mieux entrés dans ses secrets, dans ses faiblesses, dans ses souffrances, qui ont su le mieux descendre et s'élever jusqu'à elle pour partager ses différentes émotions. Il fallait avoir beaucoup compris et beaucoup senti pour pouvoir ainsi sentir pour les autres. Sans être au-dessus de toutes, sa supériorité était, pour ainsi dire, la plus complète, et c'est sans doute ce qui donne à sa morale cet accent touchant et persuasif qui lui soumet tout cœur qui sait l'entendre.

Par la même raison qu'elle n'écoutait que son sentiment, nous n'appellerons point son langage du style. De nos jours, quelques hommes et quelques femmes ont eu un style beau, élégant ou soigné; on sent le travail, on peut l'admirer. Chez madame de Staël, c'est de l'âme, c'est de la vérité, c'est de la pensée, de l'émotion. Ce tout ensemble forme son génie, sa puissance. C'est tout l'homme à un degré plus haut et plus profond dans la vie que toute l'espèce humaine.

La carrière ni les écrits ne sont indépendants des circonstances, pas plus qu'ils ne sont entièrement produits par elles. C'est en vain que l'homme voudrait être son propre ouvrage, pouvoir à lui seul se donner toutes les connaissances; à tout moment il se sent entraîné, modifié, éclairé par les accidents de la vie. Sans savoir les raisons qui ont déterminé madame de Staël dans le choix des sujets qu'elle a traités, on peut observer combien ces choix sont en rapport avec son caractère, ou avec les circonstances où elle s'est trouvée.

Sans parler de quelques écrits qui lui furent inspirés à différentes époques, nous avons vu que son premier ouvrage fut l'expression d'un enthousiasme qui depuis prit tant de force et de raison. L'analyse des passions, l'observation de ses propres sentiments, les chagrins, la douleur, lui inspirèrent le second. Ce n'est pas encore l'exposition des sentiments de l'âme en opposition avec les lois de la société ; ce sont plutôt les malheurs attachés aux sentiments mêmes. Dans l'ouvrage sur la littérature, elle arrive à des considérations générales d'un autre ordre, et telles que devait bientôt les aborder un esprit penseur. Cet ouvrage respire la moralité la plus haute, mais c'est la moralité des nations, la moralité des hommes ; et l'on peut avoir bien compris celle-là avant de s'être fortement attaché à cette moralité particulière qui fait la base des deux romans qui se succédèrent après la littérature. Ici ce sont les passions aux prises avec la société ; madame de Staël est tout entière dans ces deux ouvrages, puisqu'elle y présente à la fois des sentiments naturels et les circonstances sociales.

Nous avons dit comment l'Allemagne fut le fruit de l'exil, et l'occasion d'une grande indépendance et d'un grand essor de la pensée. Enfin les derniers ouvrages de madame de Staël furent plus que tous autres sous l'empire des passions personnelles produites par les circonstances de sa vie.

Hélas ! les objets d'affection périssent, mille événements vous en séparent; mais ces ouvrages immortels, appuis et consolateurs dans la vie, viennent dans toutes les circonstances, dans tous les lieux du monde, vous apporter leurs bienfaits; et, rencontrant des sentiments sympathiques, vous pouvez sortir de cette vie réelle à laquelle la nécessité oblige, mais qui paraît toujours si aride, si monotone, et parfois si douloureuse.

Telles furent les productions de cette femme, la première de son sexe par l'âme, le génie, la pensée, et supérieure à tant d'auteurs de ce sexe fort admirable par les grands esprits qu'il a montrés, mais qui se vante beaucoup trop individuellement.

La réputation de madame de Staël grandira chaque jour ; et le temps, qui ne consacre que les généralités, qui ne juge que les choses en masse, conservera un souvenir glorieux d'une personne en qui le bien, la grandeur l'emporta tellement sur les imperfections humaines ; et la postérité la justifiant, comme Montesquieu se plaisait dans son enthousiasme à justifier le plus généreux des grands hommes, dira que toute cette supériorité d'esprit, toute cette profondeur de pensée, toute cette force de jugement, ne donnant ni plus de courage à son caractère, ni plus de calme à son imagination, ni plus de fermeté à sa douleur, elle joignit de grandes facultés de souffrance à des facultés extraordinaires ; de sorte que la pitié pour elle, se joignant à l'admiration, en fit de l'attachement ; de sorte que ses faiblesses s'ennoblissant par son génie, on l'aima de toute son âme, en la regardant comme une merveille ; de sorte que l'enthousiasme qu'elle inspira fut un culte rempli d'amour, de tendresse, et d'un trop impuissant dévouement.

FIN.

www.ingramcontent.com/pod-product-compliance
Ingram Content Group UK Ltd.
Pitfield, Milton Keynes, MK11 3LW, UK
UKHW031906260826
14628UKWH00003B/1016

9 782329 614939